板橋雜記

（續兩種）

（清）余懷 著

孫建偉 注

故宮出版社

前言

擺在讀者面前的這本小書雖名爲《板橋雜記》，實際上包括三部分内容：《板橋雜記》《續板橋雜記》《雪鴻小記》。《板橋雜記》與後兩者雖不爲同一人所作，但因取材很相近，故置於一書以饗讀者。

《板橋雜記》，明末清初文學家余懷所著。余懷，字澹心，一字無懷，號曼翁、廣霞。福建莆田黄石人，僑居南京，故而自稱江寧余懷、白下余懷。《板橋雜記》一書作於一六九三年，作者以筆記體的方式記述了明朝末年南京十里秦淮南岸的長板橋一帶舊院諸名妓的情況及相關見聞。全書故事性强，可讀性强，共分爲上、中、下三卷。上卷『雅游』，記述了明末清初金陵秦淮河畔的梨園，秦淮河燈船、妓院和江南貢院等。中卷『麗品』，記述了包括尹春、李十娘、顧媚、董小宛、李香、寇媚在内的秦淮群艷。下卷『佚事』，記述了金陵、瓜洲、嘉興等地方的佚事。

《續板橋雜記》《雪鴻小記》均係珠泉居士所作。珠泉居士大約生活於清道光年間，然具體生平尚不詳。《續板橋雜記》共計三卷，主要有艷史叢鈔本、香艷叢書本等版本；該書仿照《板橋雜記》的體例，亦分爲雅游、麗品、軼事三卷，所述内容與《板橋雜記》相類，同樣具有較强的可讀性。《雪鴻小記》一卷，補遺一卷，亦有艷史叢鈔本、香艷叢書本等版本。其書名取義於蘇軾《和子由澠池懷舊》：『人生到處知何似？應似飛鴻踏雪泥。泥上偶然留指爪，鴻飛那復計東西。』所記録的五人分別是方璇、王瓏、黄翠兒、陳銀兒、陸慶兒。補遺中又收録楊大、趙三、張三、閔德兒、聞德、蘇高三等六人。

在文本校勘方面，我們以昭代丛書本及説鈴本爲底本。在注釋方面，我們汲取古籍章句體注釋法的經驗，在對疑難字詞注音釋義的同時，對比較難解的句子、段落也予以疏通，但没有進行通篇的翻譯。這樣一來，一方面可以保證絶大多數讀者在看閲此書時不存在語言文字障礙，另一方面又留給讀者足够的思考、體味的空間。通篇翻譯有其利亦有其弊，其利實際上很小，或者説是懶人行爲，某種意義上剥奪了讀者自己思考的權利，從而使讀者很容易受翻譯者的學養、生活經驗的影響而失去某些獨特的理解、感悟。相反，在掃除語言文字障礙的前提下，讓讀者結合自己的學養、生活經驗，去重新解讀這些内容，相信會有不一樣的收穫。此外，我們所采用的注解用語、内容係出自權威辭書，故而該書也有益於提升古文閲讀水平。

儘管我們很努力地想把這本書注解到最好，但由於學識等因素的影響，難免存在某些不盡意、不完善的地方。希望廣大讀者多提意見和建議，如果這本小書有機會再版，我們將進一步完善之。

二〇一一年十二月注者謹記

目録

前言——一

板橋雜記（余懷）——五

板橋雜記序——七

上卷　雅游——九

中卷　麗品——二三

珠市名姬附見——五〇

下卷　軼事——五五

附録一——七一

附録二——七四

後跋——七五

續板橋雜記（珠泉居士）——七七

黎松門序——七九

青閣居士叙——八〇

研香序——八二

默堂主人弁言——八五

珠泉居士縁起——八六

巻上　雅游——八七

巻中　麗品——九三

巻下　軼事——一〇九

雪鴻小記——一一九

雪鴻小記題辭——一二二

雪鴻小記小引——一二三

補遺——一三三

青閣居士跋——一三五

玉魫生跋——一三六

板橋雜記

——余懷

板橋雜記序

或問余曰：『《板橋雜記》何爲而作也？』余應之曰：『有爲而作也。』或者又曰：『一代之興衰，千秋之感慨，其可歌可録者何限，而子惟狹邪之是述、艷冶之是傳，狹邪：這裏代指妓院，妓女。不已荒乎？』荒：不合情理。

余乃聽然而笑曰：聽然而笑：從容地笑。《史記·司馬相如列傳上》：『無是公聽然而笑。』裴駰《集解》引郭璞曰：『聽，笑貌也。』『此即一代之興衰，千秋之感慨所繫，而非徒狹邪之是述、艷冶之是傳也。金陵古稱佳麗地，衣冠文物，盛於江南，文采風流，甲於海内。白下青溪，白下青溪：白下是南京的古稱，《舊唐書·地理志》載武德九年（六二六），改金陵爲白下縣。青溪是六朝時南京城東最大的一條河，它發源於今天江蘇省南京市的鍾山，蜿蜒曲折十餘里，注入秦淮河，又名九曲青溪。桃葉團扇，桃葉團扇：桃葉指《桃葉歌》，團扇指《團扇歌》，二者均爲《樂府詩集》中所收録的歌咏愛情之作。其爲艷冶也多矣。洪武初年，建十六樓以處官妓：淡烟、輕粉、重譯、來賓……稱一時韵事。建十六樓以處官妓：明初，朱元璋定都南京，建造了十六座大型酒樓以款待四方賓客，淡烟、輕粉、重譯、來賓即十六樓中較出名者。各樓中均配有官妓若干。官妓是古代供奉官員的妓女。唐、宋時官場應酬宴會，有官妓侍候，明代官妓隸屬教坊司，不再侍候官吏，清初廢官妓制。自時厥後，或廢或存，迨至三百年之久。而古迹寢湮，寢湮：逐漸湮没。寢，通『浸』。所存者惟南市、珠市及舊院而已。南市者，卑屑妓所居；珠市間有殊色；若舊院，則南曲名姬、上廳行首皆在焉。上廳行首：元明時官妓承應官府，參拜或歌舞，以姿藝最出色的排在行列最前面。後成爲名妓的通稱。元關漢卿《金綫池》第一折：『自家姓李，夫主姓杜，所生一個女兒，是上廳行首杜蕊娘。』余生也晚，不及見南部之烟花、南部之烟花：即《南部烟花録》，又名《大業拾遺記》，是宋代的一部傳奇小說，記述了隋煬帝臨幸江都時的宮闈秘事。宜春之子弟，宜春之子弟：即宮妓。宜春指宜春院，唐代宮廷中安置妓女的處所。而猶幸少長承平之世，偶爲北里之游。長板橋邊，一吟一咏，顧盼自雄。所作歌詩，傳誦諸姬之口，楚、潤相看，楚、潤：指唐代名妓楚娘、潤娘。態、娟互引，態、娟：指唐蘇州名妓張態、李娟。余亦自詡爲平安杜書記也。杜書記：指唐代詩人杜牧。他曾經在淮南節度使牛僧孺帳下任掌書記，簡稱書記。鼎革以來，時移物換，十年舊夢，依約揚州，一片歡場，鞠爲茂草。紅牙碧串，妙舞清歌，不可得而聞也；洞房綺疏，湘簾綉幕，不可得而見也；名花瑶草，錦瑟犀毗，犀毗：即『犀皮』，衣帶上一種豪華的飾物。明都穆《聽雨紀談》：『犀皮當作犀毗。毗者，臍也。犀牛皮堅而有文，其臍四旁，文如饕餮相對。中一圓孔，坐卧磨礪，色極光潤，西域人割取以爲腰帶之飾。曹操以犀毗一事與人是也。後人髹器效而爲之，遂襲其名。』不可得而賞也。間亦過之，蒿藜滿眼，蒿藜：蒿和藜，泛指雜草、野草。唐杜甫《無家别》詩：『寂寞天寶後，園廬但蒿藜。』樓館劫灰，美人塵土，盛衰感慨，豈復有過此者乎！鬱志未伸，俄逢喪亂，静思陳事，追念無因。聊記見聞，用編汗簡，汗簡：借指史册、典籍。《晋書·王湛傳論》：『雖崇勛懋績有闕於旗常，素德清規足傳於汗簡矣。』效《東京夢華》之録，標崖公蜆斗之名。崖公蜆斗：崖公是唐代散樂藝人對皇帝的稱呼。唐崔令欽《教坊記》：諸家散樂，呼天子爲『崖公』，以歡喜爲『蜆斗』。豈徒狹邪之是述，艷冶之是傳也哉！』

客躍然而起，躍然：猶欣然。清邵長蘅《夜游孤山記》：『余游興躍然，偕學士呼小艇，渡孤山麓。』曰：『如此，則不可以不記。』於是作《板橋雜記》。

上卷

雅游

金陵爲帝王建都之地。金陵：南京的別稱。『金陵』原是山名，即現在的鍾山。公侯戚畹，戚畹：皇室的姻親。戚，指親屬，親戚；畹，指皇親國戚。甲第連雲；甲第：舊時侯門貴族的宅第。《史記·孝武本紀》：『賜列侯甲第，僮千人。』裴駰《集解》引《漢書音義》：『有甲乙第次，故曰第。』整句意爲顯貴之家衆多。宗室王孫，宗室：國君或皇帝的宗族；王孫：王的子孫，後泛指貴族子弟。翩翩裘馬，翩翩：形容風度或文采的優美；裘馬：輕裘肥馬。形容生活豪華。以及烏衣子弟，烏衣：烏衣巷，東晉時王導、謝安等世家大族居住在此。王謝那樣的望族子弟。後泛指富貴人家的子弟。湖海賓游，賓游：出游。靡不挾彈吹簫，靡不：没有不。靡，無，没有。挾彈：也就是彈弓。古時，彈弓是一種遠射的兵器，多用於狩獵。同時，挾彈也是一種身份的象徵，許多富家子弟往往都是挾彈出游，用來炫耀自己的富有和悠閑，成爲當時的一種時尚。經過趙、李。經過趙、李：這裏是探訪妓家之意。趙家、李家均爲名妓之家。每開筵宴，筵宴：宴會，酒席。則傳呼樂籍，樂籍：樂户的名籍。古時官妓屬樂部，故稱。亦指樂户或官妓。羅綺芬芳。羅綺：羅和綺，多借指絲綢衣裳；又指衣著華貴的女子。行酒糾觴，行酒糾觴：斟酒舉杯。糾觴，舉起酒杯。觴，盛滿酒的杯，亦泛指酒器。留髡送客，留髡送客：這裏指留客暢飲。酒闌棋罷，酒闌：謂酒筵將盡。《史記·高祖本紀》：『酒闌，吕公因目固留高祖。』裴駰《集解》引文穎曰：『闌言希也。謂飲酒者半罷半在，謂之闌。』墮珥遺簪。墮珥遺簪：形容歡飲而不拘形迹。真欲界之仙都，升平之樂國也。樂國：樂土。《詩經·魏風·碩鼠》：『逝將去女，適彼樂國。樂國樂國，爰得我直。』

舊院人稱曲中，舊院：指明初建立的富樂院。曲中：妓坊的通稱。《警世通言·杜十娘怒沉百寶箱》：『那杜媺曲中第一名姬，要從良時，怕没有十斛明珠，千金聘禮。』前門對武定橋，後門在鈔庫街。妓家鱗次，鱗次：像魚鱗那樣依次排列。這裏表示妓家衆多。比屋而居，比屋而居：所居屋舍相鄰。這裏用以形容衆多。比，相連接。屋宇精潔，花木蕭疏，迥非塵境。迥非：絶非，遠遠不是。迥，副詞，表示程度深。到門則銅環半啓，銅環：銅製的門環。珠箔低垂；珠箔：珠綴的簾子。箔，簾子，多以葦子或秫秸織成。升階則猧兒吠客，猧兒：小狗。鸚哥喚茶；鸚哥：即是鸚鵡的俗稱，一般指體型中等的中國鸚鵡。登堂則假母肅迎，假母：指鴇母。清侯方域《李姬傳》：『妾少從假母識陽羨君，其人有高義。』分賓抗禮；抗禮：行平等的禮。又作亢禮、伉禮。進軒則丫鬟畢妝，捧艷而出；坐久則水陸備至，水陸：水陸所產的食物。絲肉競陳；絲肉：弦管之樂和歌聲。定情則目眺心挑，綢繆宛轉。綢繆：形容纏綿不解的男女戀情。紈綺少年，紈綺：原意爲富貴人家子弟穿的細絹做成的褲子，泛指有錢人家子弟的華美衣著，借指富貴人家的子弟。綉腸才子，綉腸：猶綉腑。比喻才華出衆、文辭華麗。宋晁補之《送北京學生曹慈明秀才之京師》詩：『文章錦心仍綉腑，屠龍殫家安用許。』無不魂迷色陣，氣盡雌風矣。妓家，僕婢稱之曰『娘』，外人呼之曰『小娘』，假母稱之曰『娘兒』。有客，稱客曰『姐夫』，客稱假母曰『外婆』。

樂户統於教坊司，樂户：舊時妓院的別稱。教坊司：中國古代宮廷音樂機構。始建於唐代，稱爲教坊，專門管理宮廷俗樂的教習和演出事宜。宋、元兩代亦設教坊；明代改教坊爲教坊司，隸屬於禮部，主管樂舞和戲曲。

至清代雍正時改教坊司爲和聲署。司有一官以主之。有衙署，衙署：中國古代官吏辦理公務的處所。《周禮》稱官府，漢代稱官寺，唐代以後稱衙署、公署、公廨、衙門。有公座，公座：舊指官吏辦公的座席。有人役、人役：差役，差人。刑杖、刑杖：刑具，行刑用的棍棒。籤牌之類，籤牌：一種竹製的憑證。有冠有帶，但見客則不敢拱揖耳。拱揖：拱手作揖以示敬意。

妓家分別門户，争妍獻媚，鬥勝誇奇。凌晨則卯飲淫淫，卯飲：早晨起來飲酒。唐白居易《卯飲》詩：『卯飲一杯眠一覺，世間何事不悠悠。』淫淫：絡繹不絕。蘭湯灩灩，蘭湯灩灩：蘭湯，指洗澡、沐浴的熱水。蘭，香料、熏香；湯，熱水、温泉。灩灩，水浮動貌。衣香一園；停午乃蘭花茉莉，停午：正午，中午。停，通『亭』。沉水甲煎，沉水甲煎：香料名。沉水，即沉香，屬藥瑞香科植物。甲煎，以甲香和沉麝諸藥花物製成，可作口脂及焚爇，也可入藥。馨聞數里；入夜而擫笛搊箏，擫笛搊箏：奏曲彈箏。擫，用手指按壓。搊，用手指彈撥弦索樂器。梨園搬演，梨園搬演：梨園，古代對戲曲班子的別稱；搬演，把戲

劇搬上舞臺或場子上演出。聲徹九霄。李、卞爲首，李、卞：指李大娘、卞賽、卞敏。沙、顧次之，沙、顧：指沙才、顧媚。鄭、頓、崔、馬，又其次也。鄭、頓、崔、馬：指鄭妥娘、頓文、崔科、馬嬌、馬嫩。以上諸人在《麗品》卷中有詳述。

長板橋在院墻外數十步，曠遠芊綿，芊綿：綿延不絕貌。水烟凝碧。回光、鷲峰兩寺夾之，回光、鷲峰：寺名。回光寺始建於南朝梁武帝天監十三年（五一四），初名光宅寺，南唐名法光寺，宋名鹿苑寺，明代改名回光寺。鷲峰寺，明朝天順年間建。中山東花園亘其前，中山東花園：今南京市白鷺洲公園。明初，此園屬中山王徐府，因地在徐府之東，故稱東花園。秦淮朱雀桁繞其後。朱雀桁：亦稱大航、大桁、朱雀航、朱雀橋。位於南京市南城門朱雀門外的浮橋，横跨秦淮河上。三國吴時稱南津橋，晋改名『朱雀桁』。桁爲連船而成，長九十步，廣六丈。因在臺城南，又稱『南航』。秦淮河上二十四航，此爲最大，又稱『大航』。洵可娱目賞心，洵：誠然，實在。《詩經·鄭風·有女同車》：『彼美孟姜，洵美且都。』鄭玄箋：『洵，信也。』漱滌塵俗。漱滌：洗滌。《史記·扁鵲倉公列傳》：『湔浣腸胃，漱滌五藏。』每當夜凉人定，風清月朗，名士傾城，傾城：全城，滿城。晋孫楚《征西官屬送於陟陽候作》詩：『傾城遠追送，餞我千里道。』簪花約鬢，約鬢：綰約鬢髮。携手閑行，憑欄徙倚。忽遇彼姝，姝：美女。戰國楚宋玉《登徒子好色賦》：『此郊之姝，華色含光。』笑言宴宴，宴宴：安閑逸樂貌。此吹洞簫，彼度妙曲，度妙曲：度曲，按曲譜歌唱。萬籟皆寂，萬籟皆寂：籟，孔穴中發出的聲音，泛指聲音；萬籟，自然界萬物發出的各種聲音；皆，都，全；寂，静。形容周圍環境非常寂静，一點兒聲響都没有。游魚出聽。洵太平盛事也。

秦淮燈船之盛，天下所無。兩岸河房，河房：秦淮河畔依水而建的精美房屋。雕欄畫檻，雕欄畫檻：雕，雕繪；欄，欄杆；畫檻，猶畫欄。形容富麗的建築物。綺窗絲障，綺窗絲障：綺窗，雕畫花紋的窗户；絲障，絲綢做的屏障。十里珠簾。主稱既醉，客曰未晞。未晞：天尚未亮。其意即接著喝酒。游楫往來，指目曰：某名姬在某河房，以得魁首者爲勝。

指目：手指而目視之。《禮記·大學》：『曾子曰：「十目所視，十手所指，其嚴乎！」』魁首：首領，位居首者。元王實甫《西廂記》第四本第二折：『秀才是文章魁首，姐姐是仕女班頭。』薄暮須臾，薄暮須臾：傍晚時分。薄暮，傍晚，太陽快落山的時候。須臾，片刻，短時間。燈船畢集。火龍蜿蜒，光耀天地。揚槌擊鼓，蹋頓波心。自聚寶門水關至通濟門水關，聚寶門：現在南京城的中華門。通濟門：是南京最有特色的城門。在古代，它和聚寶門（現中華門）、三山門（現水西門）同屬規格最高的三座城門之一，也是南京城門中占地面積最大的一座。喧闐達旦。喧闐達旦：整夜喧鬧。闐，充滿。桃葉渡口，争渡者喧聲不絶。余作《秦淮燈船曲》中有云：『遥指鍾山樹色開，鍾山：位於南京市東北郊。六朝芳草嚮瓊臺。瓊臺：相傳爲夏代皇帝桀的玉臺。這裏用來描述樓臺的華麗。一圍燈火從天降，萬片珊瑚駕海來。』萬片珊瑚：這裏用來形容燈船裝飾精美，數量衆多。又云：『夢裏春紅十丈長，隔簾偷襲海南香。海南香：即土沉香，爲瑞香科常緑喬木，是我國特有而珍貴的藥用植物。同時還可以作香料原料，提取芳香油等。西霞飛出銅龍館，銅龍館：飾有銅龍的館舍，太子之宫，亦借指帝王宫廷。這裏用於描繪競渡的龍船。幾隊蛾眉一樣妝。』蛾眉：細長而彎的美麗的雙眉。這裏代指美人。又云：『神弦仙管玻璃杯，火龍蜿蜒波崔嵬。崔嵬：高大。雲連金闕天門迥，金闕：指天子所居的宫闕。星舞銀城雪窖開。』雪窖：比喻水珠飛濺的水潭。皆實録也。嗟乎，可復見乎！

教坊梨園，單傳法部，法部：唐時皇宫梨園訓練和演奏法曲的部門。法曲是中原地區漢族的清商樂與從西域傳入的胡樂相融合而形成的一種音樂，經常用於佛道活動。這裏借指明朝宫廷樂曲。乃威武南巡所遺也。威武：指明武宗正德帝朱厚照。據《明史》載，武宗自稱『總督軍務威武大將軍』。自武宗南巡之後，明宫廷樂曲開始在南京流傳。然名妓仙娃，深以登場演劇爲耻。若知音密席，密席：座位緊靠，形容親密。宋王安石《何處難忘酒》詩之二：『何處難忘酒，君臣會合時。深堂拱堯舜，密席坐臯夔。』

推獎再三，强而後可。歌喉扇影，一座盡傾，盡傾：盡被傾倒。主之者大增氣色，纏頭助采，遽加十倍。纏頭：古代歌舞藝人表演完畢，客以羅錦爲贈，稱纏頭。後來又作爲贈送妓女財物的通稱。《初刻拍案驚奇》卷二二：『當日取出十兩銀子送與王賽兒，做昨日纏頭之費。』遽加：突然增加，迅速增加。至頓老琵琶、妥娘詞曲，頓老琵琶：頓老爲頓仁的後裔，琵琶爲其家傳技藝。妥娘詞曲：妥娘即鄭如英，字無美，妥是她的小名。金陵名妓，萬曆時，位列『秦淮四大美人』之首。則祇應天上，難得人間矣！祇應天上，難得人間：此二句來源於杜甫的《贈花卿》：『錦城絲管日紛紛，半入江風半入雲。此曲祇應天上有，人間能得幾回聞。』用於描述曲子的優美。祇，恰好，僅僅。

裙屐少年，裙屐：裙，下裳；屐，木底鞋。原指六朝貴游子弟的衣著，後泛指富家子弟的時髦裝束。亦借指衣著時髦的富家子弟。油頭半臂。半臂：短袖上衣。至日亭午，亭午：正午。則提籃挈榼，榼：古代盛酒或貯水的器具，後泛指盒類容器。這裏代指盛放花卉的提盒。高聲唱賣逼汗草、逼汗草：香草名。其散發的香氣能驅除汗液氣味。茉莉花，嬌婢捲簾，攤錢爭買，攤錢：分擔出錢。捉膀撩胸，紛紜笑

謔。笑謔：嬉笑戲謔。頃之，烏雲堆雪，竟體芳香矣。蓋此花苞於日中，開於枕上，真媚夜之淫葩，殢人之妖草也。殢人：糾纏人，挑逗人。建蘭則大雅不群，建蘭：俗稱雄蘭、駿河蘭、劍蕙等，它的葉片寬厚，直立如劍；花瓣較寬，形似竹葉；花多葶長，香濃。宜於紗櫥文榭，與佛手、木瓜同其靜好，酒兵茗戰之餘，酒兵茗戰：喝酒飲茶。茗，茶芽，一說指晚采的茶，後泛指茶。微聞薌澤。所謂『王者之香』，王者之香：蘭的別稱。漢蔡邕《琴操·猗蘭操》：『（孔子）自衛返魯，過隱谷之中，見薌蘭獨茂，喟然嘆曰：「夫蘭當爲王者香，今乃獨茂，與衆草爲伍，譬猶賢者不逢時，與鄙夫爲倫也。」』後因稱蘭花爲『王者香』。『湘君之佩』，湘君之佩：湘水之神佩戴的物件。豈淫葩妖草所可比擬乎！

南曲衣裳妝束，四方取以爲式，大約以淡雅、樸素爲主，不以鮮華、綺麗爲工也。綺麗：華美艷麗的意思。初破瓜者，破瓜：舊稱女子十六歲爲『破瓜』。『瓜』字拆開爲兩個八字，即二八之年，故稱。謂之梳攏；已成人者，謂爲上頭。上頭：指女子束髮插笄，爲成年的象徵。南朝梁蕭綱《和人渡水》詩：『婉娩新上頭，湔裾出樂游。』衣飾皆主之者措辦。措辦：籌集，籌辦。《京本通俗小說·菩薩蠻》：『你欠了女兒身價錢，沒處措辦時，好言好語告個消乏，或者可憐你的，一兩貫錢助了你也不見得。』巧樣新裁，出於假母，假母：鴇母。唐孫棨《北里志·海論三曲中事》：『妓之母，多假母也，亦妓之衰退者爲之。』以其餘物自取用之。故假母雖年高，亦盛妝艷服，光彩動人。衫之短長，袖之大小，隨時變易，見者謂是時世妝也。時世妝：入時或時髦的裝飾打扮。唐白居易《時世妝》詩：『時世妝，時世妝，出自城中傳四方。』清黃遵憲《番客篇》：『蕃身與漢身，均學時世妝。』

曲中女郎，曲中：妓坊的通稱。多親生之，母故憐惜倍至。憐惜：愛惜，同情愛護。遇有佳客，任其留連，留連：指留戀不願離開。不計錢鈔。其傖父大賈，傖父：南北朝時，南人譏北人粗鄙，蔑稱之爲『傖父』。南朝宋劉義慶《世說新語・雅量》：『昨有一傖父來寄亭中，有尊貴客，權移之。』後用以泛指粗俗鄙賤之人，猶言村夫。大賈：大商人。拒絶弗與通，亦不怒也。從良落籍，從良落籍：舊謂妓女脱離樂籍而嫁人。屬於祠部。祠部：明設禮部，下分四屬部，祠部爲其一，教坊隸屬之。親母則所費不多，假母則勒索高價，諺所謂『娘兒愛俏，鴇兒愛鈔』者，蓋爲假母言之耳。

舊院與貢院遥對，貢院：古代會試的考場，即開科取士的地方。貢，就是通過考試選拔人才貢獻給皇帝或國家的意思。貢院最早始於唐朝。僅隔一河，原爲才子佳人而設。逢秋風桂子之年，秋風桂子之年：指鄉試之年。鄉試是明清時期科舉三級考試中最低級别的考試。每三年的秋季，在各省省城舉行一次考試，即鄉試。因爲在秋天舉行，故名『秋試』『秋闈』。闈，考場。四方應試者畢集。結駟連騎，結駟連騎：駟，古時一乘車所套的四匹馬；騎，騎馬的人。隨從、車馬衆多，形容場面宏大。選色徵歌。選色徵歌：挑選美女，徵召歌伎。指放蕩的生活方式。亦作『選歌試舞』『選舞徵歌』。轉車子之喉，車子之喉：指善歌者。典出三國魏繁欽《與魏文帝箋》：『都尉薛訪車子年始十四，能喉囀引聲，與笳

同音。』按陽阿之舞；陽阿之舞：古人陽阿善舞，後人便用她的名字來命名這種舞蹈。《淮南子·俶真訓》：『足蹀陽阿之舞，而手會《緑水》之趨。』高誘注：『陽阿，古之名倡也。《緑水》，舞曲也。』院本之笙歌合奏，院本：金元時，行院（妓院）演唱用的戲曲脚本。體制與宋雜劇相同，是北方的宋雜劇向元雜劇過渡的形式。回舟之一水皆香。或邀旬日之歡，旬日：十天，亦指較短的時日。或訂百年之約。蒲桃架下，蒲桃：即『蒲萄』，亦作『蒲陶』。戲擲金錢；戲擲金錢：以擲金錢爲戲。芍藥欄邊，閑拋玉馬，閑拋玉馬：這裏代指男女定情。此平康之盛事，平康：唐長安丹鳳街有平康坊，爲妓女聚居之地。亦稱平康里、平康巷，其中最出名的地段叫『北里』。在當時，是京都俠少和新科進士兩種人最常活動的地方。唐孫棨《北里志·海論三曲中事》：『平康入北門，東回三曲，即諸妓所居。』元李好文《長安志圖》：『平康爲朱雀街東第三街之第八坊。』後因以爲妓女所居的泛稱。乃文戰之外篇。文戰：指科舉考試。唐方幹《送喻坦之下第還江東》詩：『文戰偶不勝，無令移壯心。』宋林逋《載荅》詩：『文戰談圍棋敵

外，絳侯何事號功臣？』《剪燈餘話·賈雲華還魂記》：『汝今秋文戰，或者得捷。』若夫士也色荒，女兮情倦，忽裘敝而金盡，遂歡寡而愁殷。愁殷：憂愁增多。雖設阱者之恒情，恒情：常情。南朝·宋·顏延之《重釋何衡陽》：『況復道絶恒情，理隔常照。』明張居正《壽陳松谷相公》：『其爲慶幸，萬倍恒情也。』實冶游者所深戒也。冶游：舊時謂狎妓。明胡應麟《少室山房筆叢·藝林學山二》：『唐宋間惡少，競刺其身……國朝此風遂絶。惟冶游兒與倡伎密，或札刺名號，以互相思憶。』青樓薄幸，青樓：原本指豪華精緻的雅舍，有時則作爲豪門高户的代稱，這裏指妓家所居。薄幸：猶薄命，福分少。元馬致遠《漢宮秋》第四折：『第一才郎，俺行失信行；第二佳人，自古多薄幸。』彼何人哉！

曲中市肆，市肆：集市。肆，店鋪。漢賈誼《諫鑄錢疏》：『市肆异用，錢文大亂。』清潔殊常。香囊、雲舄、雲舄：綉鞋。名酒、佳茶、餳糖、餳糖：麥芽糖，糖稀。明徐渭《風鳶圖》詩之五：『明朝又是清明節，鬥買餳糖柳市西。』小菜、簫管、簫管：排簫和大管。泛指管樂器。南朝宋鮑照《代升天行》：『鳳臺無還駕，簫管有遺聲。』琴瑟，并皆上品。外間人買者，不惜貴價；女郎贈遺，都無俗物。正李仙源《十六樓集句》詩中所云『市聲春浩浩，樹色曉蒼蒼。飲伴更相送，歸軒錦綉香』也。李仙源：即李泰，字叔通，一字仙源。明洪武三十年（一三九七）進士，掌欽天監。

發象房，配象奴，不辱自盡；象房：馴養象的房屋；象奴：錦衣衛管轄下專門飼養象的徒役，地位極其低下。《明史·職官志五》：『馴象所，領象奴養象，以供朝會陳列、駕輦、馱寶之事。』靖難之師攻入南京後，成祖朱棣大肆屠殺建文朝的遺臣，發象房、配象奴是他侮辱臣子妻女的一種手段。胡閏妻女發教坊爲娼，此亘古所無之事也。胡閏：建文朝名臣。字松友，江西鄱陽人。洪武四年郡舉秀才，授都督府都事，遷經歷。建文時，官至大理少卿。靖難之役，日夜與齊泰等籌劃軍事。燕兵入南京，不屈被縊殺。家族連坐死者二百一十七人。教坊：本是管理演出排練的機構。一部分帶有妓院的性質。發教坊爲娼是建文朝忠臣妻女被凌辱的主要方式。亘古：遠古，自古以來。明謝肇淛《五雜俎・人部一》：『王氏以婦人能之，尤亘古所無也。』追誦火龍鐵騎之章，追誦：追述。火龍鐵騎之章：據劉辰所撰《國朝典故・國初事迹》記載：『太祖以火德王，色尚赤，將士戰襖、戰裙、壯帽、旗幟皆用紅色。』以爲嘆息。

虞山錢牧齋《金陵雜題絶句》中虞山：位於常熟市内西北處。因商周之際江南先祖虞仲（即仲雍）卒葬於此而得名。此處代指常熟。錢牧齋：錢謙益（一五八二～一六六四），字受之，號牧齋，晚號蒙叟、東澗遺老。士人稱虞山先生，江蘇常熟人。明萬曆三十八年（一六一〇）探花，官至禮部侍郎，一生經歷與明東林黨相始終。他還是明末清初的詩文領袖，與吴偉業、龔鼎孳并稱爲江左三大家。有數首云：『淡粉輕烟佳麗名，開天營建記都城。而今也入烟花部，燈火樊樓似汴京。』佳麗：指美麗的女子。汴京：開封古稱東京，亦有汴梁、汴京之稱。『一夜紅箋許定情，十年南部早知名。舊時小院湘簾下，湘簾：用湘妃竹做的簾子。猶記鸚哥喚客聲。』『惜別留歡恨馬蹄，勾欄月白夜烏栖。不知何與汪三事，趣我歡娛伴我啼。』『別樣風懷另酒腸，伴他薄幸奈他狂。天公要斷烟花種，醉殺瓜洲蕭伯梁。』瓜洲：在今天江蘇省揚州市邗江區。『頓老琵琶舊典型，檀槽生澀響零丁。南巡法曲誰人問？頭白周郎掩泪聽。』檀槽：檀木製成的琵琶、琴等弦樂器上架弦的槽格。亦指琵琶等樂器。法曲：是歌舞大曲中的一部分，也是隋唐宫廷燕樂中的一種重要形式。法曲又名法樂，始見於東晋《法顯傳》，因用於佛教法會而得名，至隋稱爲法曲。在曲調和所用樂器方面，它接近漢族的清樂系統，但更加優雅，因此也稱爲清雅大曲。『舊曲新詩壓教坊，縷衣垂白感湖湘。閑開閏集教孫女，身是前朝鄭妥娘。』鄭妥娘：一名如英，字無美，小字妥娘。明末名妓，秦淮八艷之一。與寇白門、卞玉京等均擅長詩畫，但言詞犀利，脾氣太壞，素爲清客所惱。

新城王阮亭《秦淮雜詩》中有二首云：王阮亭：王士禛（一六三四～一七一一），字貽上，號阮亭，別號漁洋山人，山東新城人。清順治年間進士，官至刑部尚書。詩名甚熾，繼錢謙益後，主盟詩壇，著有《漁洋山人詩集》十八卷。

『舊院風流數頓楊，梨園往事淚沾裳。樽前白髮談天寶，零落人間脱十娘。』

樽前白髮談天寶：此句源自唐元稹《行宮詩》：『寥落古行宮，宮花寂寞紅。白頭宮女在，閑坐説玄宗。』行宮，皇帝外出居住的宮舍；寥落，空虛、冷落；玄宗，唐明皇李隆基。作者通過寫白頭宮女在寂寞中回憶往昔的繁華，來慨嘆昔盛今衰，從而表達了詩人對歷史滄桑巨變的深刻思考。脱十娘：舊院名妓。王士禎《池北偶談》載：『金陵舊院，有頓、脱諸姓，皆元人後没入教坊者。』

『舊事南朝劇可憐，至今風俗鬥嬋娟。秦淮絲肉中宵發，玉律抛殘作笛鈿。』

南朝：我國南北朝時期，據有江南地區的宋、齊、梁、陳四朝的總稱。因四朝都建都於

建康，即今南京市，故後人或借指南京。門嬋娟：比美。嬋娟，美妙。玉律：玉製的標準定音器。相傳黃帝時伶倫截竹爲筒，以筒之長短分別聲音的清濁高下。樂器之音，則依以爲準。分陰、陽各六，共十二律。笛鈿：用金裝飾笛。以上皆傷今吊古、慷慨流連之作，可佐南曲談資者，録之以當哀絲急管。急管：亦作「急筦」，節奏急速的管樂。哀絲急管泛指各種音律。黃山谷云：『解作江南斷腸句，世間惟有賀方回。』黃山谷：即黃庭堅（一〇四五～一一〇五），北宋書法家、文學家。字魯直，號山谷道人、涪翁，洪州分寧（今江西修水）人。賀方回：賀鑄（一〇五二～一一二五），北宋詞人。字方回，號慶湖遺老，衛州（今河南衛輝）人。宋太祖賀皇后族孫，所娶亦宗室之女。自稱遠祖本居山陰，是唐朝詩人賀知章後裔，以知章居慶湖（即鏡湖），故自號慶湖遺老。倘遇旗亭歌者，旗亭：官舍，也稱市樓，并以其上高懸旗幟爲標志而被稱爲旗亭。不能不畫壁也。

中卷

麗品

余生萬曆末年，萬曆：是明神宗朱翊鈞的年號，自公元一五七三年始，至一六二〇年止，共使用四十八年，是明朝使用時間最長的年號。其與四方賓客交游，及入范大司馬蓮花幕中爲平安書記者，范大司馬：范景文（一五八七～一六四四），明末殉節官員。字夢章，號思仁，別號質公，河間府吳橋（今屬河北）人。萬曆四十一年進士。歷官東昌府推官、吏部文選司郎中、工部尚書兼東閣大學士，明亡自殺，著有《大臣譜》《戰守全書》等。乃在崇禎庚、辛以後。崇禎庚、辛：崇禎庚辰年（一六四〇年），崇禎辛巳年（一六四一年）。曲中名妓，如朱斗兒、徐翩翩、馬湘蘭者，朱斗兒：正德年間金陵名妓。《列朝詩集小傳》和《畫史會要》有其生平簡要記載。字素娥，畫山水小景，陳魯南授以筆法。『聞魯南入翰林，盡以平日往來詩畫，緘封寄與魯南，上寫云：「昨日個錦囊佳句明引勾，今日個玉堂人物難親近。」其風流儒雅如此。』徐翩翩：萬曆初年金陵名妓。《無聲詩史》載其『以色藝擅聲，能寫墨蘭』。馬湘蘭：萬曆年間金陵名妓。本名馬守真（一五四八～一六〇六），小字玄兒，又字月嬌。因善畫湘蘭而聞名。《無聲詩史》有載：『湘蘭，蘭仿趙子固，竹法管夫人，俱能襲其餘韻，其畫不惟爲風雅者所珍，且名聞海外，暹羅國使者，亦知購其畫扇藏之。』皆不得而見之矣。則據余所見而編次之，或品藻其色藝，或僅記其姓名，亦足以徵江左之風流，存六朝之金粉也。金粉：花鈿與鉛粉，婦女妝飾用品。喻指繁華綺麗的生活。昔宋徽宗在五國城，宋徽宗：名趙佶（一〇八二～一一三五），神宗第十一子，哲宗弟。哲宗病死，太后立他爲帝。在位二十五年，靖康之變後國亡被俘，被關押在五國城（今黑龍江省依蘭縣），受折磨而死，終年五十四歲。猶爲李師師立傳，李師師：北宋末年色藝雙絕的名妓，其事迹多見於野史、筆記小説。李師師早年艷滿京城，在仕子官宦人物中頗有聲名，她與宋徽宗的故事也傳爲一時佳話。蓋恐佳人之湮滅不傳，湮滅：埋沒。作此情痴狡獪耳，『風乍起，吹皺一池春水，干卿何事？』狡獪：兒戲、游戲。此三句出自南唐馮延巳《謁金門》詞：『風乍起，吹皺一池春水。』這句詞被傳誦一時。中宗李璟跟他開玩笑：『吹皺一池春水，干卿何事？』馮延巳答道：『未若陛下「紅雨夢回鷄塞遠，小樓吹徹玉笙寒」。」『彼美人兮』，『巧笑倩兮，美目盼兮。』此三句分別出自《詩經・邶風・簡兮》和《詩經・衛風・碩人》。『彼君子兮』，彼君子兮：出自《詩經・魏風・伐檀》。『中心藏之，何日忘之！』此二句出自《詩經・小雅・隰桑》，表達對往日繁華的無限追念。

尹春，字子春，姿態不甚麗，而舉止風韵，綽似大家。綽似：非常相似。性格温和，談詞爽雅，爽雅：豪爽文雅。無抹脂鄣袖習氣。鄣袖：以袖遮顏，形容故作姿態。鄣，同『障』。阻隔，遮掩。專工戲劇排場，排場：排場是戲曲名詞，指的是戲曲演出的場次安排和舞臺調度。這裏指登臺演出。兼擅生、旦。生、旦：戲曲角色名稱。中國戲曲中人物角色的行當分類，按傳統習慣，有『生、旦、净、丑』和『生、旦、净、末、丑』兩種分行方法。生，泛指净、丑之外的男性角色，生的名目最早見於宋元南戲，指劇中男主角，與元雜劇的正末相當；清以後又衍化爲老生、小生、外、末四個支系。旦，泛指净、丑之外的女性角色。余遇之遲暮之年，遲暮之年：遲暮，黄昏，比喻晚年。指人至老年。延之至家，演《荆釵記》，《荆釵記》：南戲劇本，全劇四十八齣，叙述王十朋、錢玉蓮的愛情故事。錢玉蓮拒絶巨富孫汝權的求婚，寧肯嫁給以『荆釵』爲聘的温州窮書生王十朋。後來王十朋中了狀元，因拒絶万俟丞相逼婚，被派往荒僻的地方任職。孫汝權暗自更改王十朋的家書爲『休書』，哄騙玉蓮上當；錢玉蓮的後母也逼她改嫁，玉蓮不從，投河自盡，幸遇救。經過種種曲折，王、錢二人終於團圓。扮王十朋。至《見母》《祭江》二齣，悲壯淋漓，聲泪俱迸，一座盡傾，老梨園自嘆弗及。老梨園：老資格的戲曲演員。梨園，原是古代對戲曲班子的別稱。後習稱戲班、劇團爲『梨園』，稱戲曲演員爲『梨園子弟』，稱世代從事戲曲藝術的家庭爲『梨園世家』，稱戲劇界爲『梨園界』等。余曰：『此許和子《永新歌》也，誰爲韋青將軍者乎！』許和子：唐代玄宗時期著名歌者，吉州永新縣（今江西吉安永新縣）人，其家世代都是樂工。開元末年被選入宫廷，入教坊宜春院爲内人，後改名『永新』。她不僅年輕貌美，而且聲音甜潤，善於表達歌曲的思想和意境，還能變古調爲新聲，與歷史上的著名歌者韓娥、李延年齊名。韋青將軍：唐玄宗時著名歌者，官至金吾將軍。安史之亂後，六宮星散，永新歸一士人。韋青月夜憑欄於小河之上，忽聞舟中奏《水調》者，曰：『此永新也。』乃登舟省之，相擁而泣。作者以此自喻。因贈之以詩曰：『紅紅記曲采春歌，我亦聞歌喚奈何。誰唱江南斷腸句，青衫白髮影婆娑。』紅紅：唐代著名歌者，大曆年間，與其父在長安街頭賣唱。後與韋青相識，被韋青納爲妾，盡習韋青之藝。婆娑：形容姿態優美。春亦得詩而泣，後不知其所終。

嗣有尹文者，色豐而姣，蕩逸飛揚，顧盼自喜，頗超於流輩。顧盼：向左右或周圍看來看去。流輩：同一流的人。南朝梁沈約《奏彈王源》：『而托姻結好，唯利是求，玷辱流輩，莫斯爲甚。』太平張維則暱就之，惟其所欲，甚歡。欲置爲側室，文未之許，屬友人强之。側室：妾。《漢書・西南夷傳》：『朕，高皇帝側室之子。』顏師古注：『言非正嫡所生也。』此二句意爲：尹文没有同意，（張維則）又囑托朋友强求尹文。文笑曰：『是不難。嫁彼三年，斷送之矣。』卒歸張。未幾，文死。張後十數年乃亡。仕至監司，監司：有監察州縣之權的地方長官簡稱。負才華，任俠，輕財結客，磊落人也。任俠：又稱爲『尚義任俠』『爲氣任俠』『使氣任俠』，也就是『附帶意氣，以俠義自任』的意思。磊落：灑脱，襟懷廣闊。

李十娘，名湘真，字雪衣。在母腹中，聞琴歌聲，則勃勃欲動。勃勃：興盛的樣子，形容有旺盛的生命力。生而娉婷娟好，娉婷：形容女子姿態美好的樣子。亦借指美人。清烟水散人《合浦珠》第三回：『這趙友梅年方二八，巧慧絶倫，言不盡裊娜娉婷，真乃是天姿國色。』娟好：清秀美麗。肌膚玉雪，既含睇兮又宜笑。既含睇兮又宜笑：語出《楚辭・九歌・山鬼》：『既含睇兮又宜笑，子慕予兮善窈窕。』王逸注：『睇，微眄貌也。言山鬼之狀，體含妙容，美目盼然。』含睇，含情而視。宜，自然得體。這裏用來描述李十娘姿容的美妙。殆《閑情賦》所云『獨曠世而秀群』者也。閑情賦：東晉詩人陶淵明所作。這是陶淵明創作的辭賦中唯一一篇無論風格還是思想內容都很獨特的作品。而不是他一貫的指斥世俗的邪惡，抨擊現實的黑暗。性嗜潔，能鼓琴清歌，清歌：不用樂器伴奏的歌唱。略涉文墨，愛文人才士。所居曲房秘室，帷帳尊彝，楚楚有致。曲房：內室，密室。尊彝：古代青銅尊彝，均爲古酒器名。也泛指祭祀的禮器。楚楚有致：形容陳列整齊，富有情趣。中搆長軒，軒左種老梅一樹，花時香雪霏拂几榻；霏：紛落貌。軒右種梧桐二株，巨竹十數竿。晨夕洗桐拭竹，翠色可餐。入其室者，疑非人境。余每有同人詩文之會，必主其家。每客用一精婢侍硯席、磨隃麋、爇都梁、供茗果。硯席：硯臺和座席，借指讀書寫作處。隃麋：墨的古稱。最早的墨，以隃麋（今陝西千陽）所製爲貴，故名『隃麋墨』。東漢時，隃麋地區有大片松林，盛行燒烟製墨，墨的質量很好。據《漢宮儀》載：『尚書令、僕、丞、郎』等官員，每月可得『隃麋大墨一枚，小墨一枚』。因此，古人詩文中，稱墨爲『隃麋』。後世製墨者，用『古隃麋』作墨名，以表示其所製之墨，歷史悠久，墨質精良。爇都梁：燒香。爇，燒，焚燒。都梁，香名。茗果：茶果。

茗，泛指茶。暮則合樂酒宴，盡歡而散，然賓主秩然，不及於亂。秩然：整齊有序的樣子。

於時流寇訌江北，於時流寇訌江北：此句意指李自成、張獻忠率領的起義軍崇禎八年至九年在江北的活動。於時，在這個時候。訌，亂，混亂。名士渡江僑金陵者甚衆，僑：僑居，寄居异鄉。莫不艷羨李十娘也。十娘愈自閉匿，稱善病，不妝飾，謝賓客。阿母憐惜之，順適其意，順適：順從，迎合。宋蘇轍《春秋論》：『事有以拂乎吾心，則吾言忿然而不平；有以順適乎吾意，則吾言優柔而不怒。』婉語辭遜，辭遜：辭謝推讓。弗與通，惟二三知己，則歡情自接，嬉怡忘倦矣。後易名貞美，刻一印章曰『李十貞美之印』。余戲之曰：『美則有之，貞則未也。』十娘泣曰：『君知兒者，何出此言？兒雖風塵賤質，風塵：舊指娼妓生涯。蒲松齡《聊齋志异・鴉頭》：『妾委風塵，實非所願。』然非好淫蕩檢者流，蕩檢：謂行爲放蕩，不守禮法。蒲松齡《聊齋志异・黃九郎》：『迎風待月，尚有蕩檢之譏。』如夏姬、河間婦也。夏姬：春秋時鄭穆公的女兒，是當時有名的美女，因爲嫁給陳國的夏御叔爲妻，因而稱爲夏姬。御叔死後，夏姬與陳靈公、孔寧、儀行父等陳國君臣私通。後人視其爲『淫婦』。河間婦：指淫蕩的女人。典出唐柳宗元《河間傳》：『河間，淫婦人也，不欲言其姓，故以邑稱。』苟兒心之所好，雖相莊如賓，情與之洽也；相莊如賓：相處如待賓客。形容夫妻互相尊敬。非兒心之所好，雖勉同枕席，不與之合也。枕席：枕頭和席子。此處指睡在一起。兒之不貞，命也！如何？』言已，涕下沾襟。余斂容謝之曰：『吾失言，吾過矣！』斂容謝之：收起笑容向她道歉。斂容，收起笑容，神色變得嚴肅。

十娘有兄女曰媚姐，十三纔有餘，白皙，髮覆額，眉目如畫，余心愛之。媚亦知余愛，嬌啼宛轉，作掌中舞。嬌啼：嬌媚地哭泣。掌中舞：指體態輕盈的舞蹈。唐武平一《妾薄命》詩：『正悅掌中舞，寧哀《團扇詩》。』十娘曰：『吾當爲汝媒。』歲壬午，入棘闈。壬午：明崇禎十五年，公元一六四二年。時澹心二十七歲。棘闈：科舉時代對考場、試院的稱謂，如秋闈，春闈。媚日以金錢投瓊，卜余中否。投瓊：擲骰子。明陳繼儒《群碎録》：『投瓊，即今之擲骰子。』及榜發，落第，余乃憤鬱成疾，避栖霞山寺，經年不相聞矣。栖霞山寺：在南京城外栖霞山鳳翔峰之下，爲江南著名古刹。鼎革後，鼎革：建立新的，革除舊的。這裏指改朝换代。泰州刺史陳澹仙寓叢桂園，擁一姬，曰姓李。余披幃見之，媚也。披幃：揭開帷帳。帷，帷帳。各黯然掩袂，掩袂：用衣袖遮面。清昭槤《嘯亭續録・稗事數則》：一日，有閣中胥吏請假，公問何事，曰：『適聞父訃信。』公習以爲常，亦云：『好，好。』舍人等皆掩袂笑。問十娘，曰：『從良矣。』問其居，曰：『在秦淮水閣。』問其家，曰：『已廢爲菜圃。』問：『老梅與梧、竹無恙乎？』曰：『已摧爲薪矣。』摧：砍，劈。問：『阿母尚存乎？』曰：『死矣。』因贈以詩曰：『流落江湖已十年，雲鬟猶卜舊金錢。雪衣飛去仙哥老，休抱琵琶過別船。』雪衣：即雪衣女白鸚鵡。《太平廣記》卷四六〇引唐胡璩《譚賓録・雪衣女》：『天寶中，嶺南獻白鸚鵡，養之宫中。歲久，頗甚聰慧，洞曉言詞，上及貴妃，皆呼爲雪衣女。』這裏代指李十娘，十娘字雪衣。飛去在此指從良。仙哥：即天水仙哥，《北里志》有載。字絳真，住於南曲中，善談謔，能歌令，常爲席糾，寬猛得所。其姿容亦常常，但蘊藉不惡。時賢雅尚之，因鼓其聲價耳。這裏喻指李媚。休抱琵琶過別船：此一句源自白居易《琵琶行》。過別船即到別人船上彈奏樂曲。

葛嫩，字蕊芳。余與桐城孫克咸交最善。孫克咸：孫臨（一六一一～一六四六），字克咸，安徽桐城人。詩人，方以智妹夫。明崇禎初年，與方以智、方文、錢秉鐙、周岐等人成立詩社——澤社。能文善武，參加抗清活動，在福州保衛戰中壯烈犧牲。妾葛嫩一同犧牲。克咸名臨，負文武才略。負：擁有，富有。倚馬千言立就，倚馬：典出《世説新語・文學》，晋人袁虎曾任大司馬桓温記室，一次奉命草擬布告，倚著戰馬立時寫成。用以比喻文思敏捷，下筆成章。能開五石弓，善左右射，短小精悍，自號『飛將軍』。飛將軍：李廣，隴西成紀（今甘肅靜寧）人，西漢名將。欲投筆磨盾，封狼居胥，又別字曰武公。投筆磨盾：棄文從武，征戰沙場。磨盾，代指戰爭。封狼居胥：指西漢大將霍去病登狼居胥山築壇祭天以告成功之事，後用以指建立顯赫武功。《漢書・霍去病傳》：『驃騎將軍去病率師躬將所獲葷允之士，約輕賫，絕大幕，涉獲單于章渠，以誅北車耆，轉擊左大將雙，獲旗鼓，歷度難侯，濟弓盧，獲屯頭王、韓王等三人，將軍、相國、當户、都尉八十三人封狼居胥山，禪於姑衍，登臨翰海。』然好狹邪游，狹邪游：狎妓。縱酒高歌，其天性也。先昵珠市妓王月，月爲勢家奪去，抑鬱不自聊，與余閑坐李十娘家。十娘盛稱葛嫩才藝無雙，即往訪之。

闌入卧室，闌入：無憑證而擅自進入。後泛指擅自進入不應進去的地方。值嫩梳頭，長髮委地，雙腕如藕，面色微黄，眉如遠山，瞳人點漆。瞳人：瞳孔，亦泛指眼珠。唐李賀《杜家唐兒歌》：『骨重神寒天廟器，一雙瞳人剪秋水。』叫聲『請坐』，克咸曰：『此温柔鄉也，吾老是鄉矣！』温柔鄉：喻美色迷人之境。宋范成大《樂先生闢新堂作詩奉贈》：『多情開此花，艷絕温柔鄉。』老是鄉：在此養老。是夕定情，一月不出，後竟納之閑房。閑房：空房。這裏借指偏房。甲申之變，移家雲間。甲申之變：即清軍入關。公元一六四四年，明崇禎十七年，清順治元年，大順永昌元年，中國東北以滿族爲主體的少數民族政權清朝的軍隊在明朝將領吴三桂的帶引下大舉進入山海關内、攻占京師（今北京），開始成爲統治全中國的中央政府的歷史事件。雲間：松江縣，今上海市的古稱。間道入閩，授監中丞楊文驄軍事。間道：偏僻的小路。《清史稿・世祖本紀》：『三桂自遵義至七星關，不得進，乃由水西間道趨烏撒。』楊文驄：字龍友（一五九七～一六四六），貴州人，流寓金陵。萬曆四十七年（一六一九）舉人。南明弘光政權立，官至兵備副使，監軍京口（今江蘇鎮江）。因與馬士英沆瀣一氣，爲世人所詬病。清兵渡江，乃南走。隆武政權立，官至浙閩總督。後以率衆抗擊清軍負重傷被執，諭降不屈，乃被殺。舉家三十餘口同時遇難。兵敗被執，并縛嫩。

主將欲犯之，嫩大罵，嚼舌碎，含血噴其面，將手刃之。手刃之：親手殺了她。克咸見嫩抗節死，抗節死：爲氣節而死。乃大笑曰：『孫三今日登仙矣！』亦被殺，中丞父子三人同日殉難。

李大娘，一名小大，字宛君。性豪侈，豪侈：猶言豪華奢侈。女子也，而有鬚眉丈夫之氣。鬚眉：古時男子以胡鬚眉毛稠秀爲美，故以爲男子的代稱。丈夫：這裏代指男子。所居臺榭庭室，極其華麗，侍兒曳羅縠者十餘人。侍兒：侍妾，姬妾。宋洪邁《容齋隨筆・樂天侍兒》：『世言白樂天侍兒唯小蠻、樊素二人。』羅縠：一種疏細的絲織品。宋莊季裕《鷄肋編》卷上：『蘇州以黃草心織布，色白而細，幾若羅縠。』置酒高會，則合彈琵琶、箏，或狎客沈云、張卯、張奎數輩，狎客：陪伴權貴游樂的人。吹洞簫、笙管，唱時曲。酒半，打十番鼓。十番鼓：十番鑼鼓，一種創於京師而盛於江浙的民間吹打樂種，主要流行於江蘇省南部地區，以蘇州、無錫爲中心，南京、常州、上海等地亦盛行。曜靈西匿，曜靈西匿：太陽落山。曜靈，指太陽。《楚辭・天問》：『角宿未旦，曜靈安藏？』王逸注：『曜靈，日也。』繼以華燈，華燈：亦作『華鐙』。雕飾精美的燈，彩燈。羅幃從風，羅幃：羅帳。絲織簾幕。不知喔喔鷄鳴，喔喔鷄鳴：這裏代指天亮了。東方既白矣。東方既白：語出蘇東坡《前赤壁賦》：『客喜而笑，洗盞更酌，肴核既盡，杯盤狼籍。相與枕藉乎舟中，不知東方之既白。』大娘嘗言曰：『世有游閑公子、聰俊兒郎，至吾家者，未有不蕩志迷魂、沉溺不返者也。然吾亦自逞豪奢，豈效齪齪倚門市娼，與人較錢帛哉！』游閑公子：指游手好閑的富家子弟。《史記・貨殖列傳》：『游閑公子，飾冠劍，連車騎，亦爲富貴容也。』齪齪：拘謹的樣子。以此，得『俠妓』聲於莫愁、桃葉間。莫愁、桃葉：莫愁指莫愁湖，桃葉指桃葉渡。莫愁、桃葉間，大體就是秦淮河一帶。

後歸新安吳天行。新安：即徽州，簡稱『徽』，位於新安江上游，古稱新安。天行鉅富，鉅富：大富之家。鉅，大，巨大。

貲産百萬，貲産：貲通「資」。貨物，錢財。體羸，素善病，後房麗姝甚衆，疲於奔命。麗姝：這裏指妻妾。姝，美女。大娘鬱鬱不樂。曩所歡胥生者，賂僕婢，通音耗。曩：先時，以前。音耗：音信，消息。清蒲松齡《聊齋志异·局詐》：「如期往伺之，日暮，并無音耗。」漸托疾，客薦胥生能醫，生得入見大娘。大娘以金珠銀貝納藥籠中，挈以出，與生訂終身約。後天行死，卒歸胥生。胥生本貧士，家徒四壁立，獲吴氏資，漸殷富，與大娘飲酒食肉相娱樂，教女娃數人歌舞。生復以樂死。大娘老矣，流落闤闠，仍以教女娃歌舞爲活。闤闠：街頭，街市。宋沈括《江州攬秀亭記》：「江湖山水，闤闠之趣，不能兼有也。」

余猶及見之，徐娘雖老，尚有風情。徐娘：指南朝梁元帝的后妃徐昭佩。《南史》載：「徐娘雖老，猶尚多情。」後因用以稱尚有風韵的中老年婦女。話念舊游，潸然出涕，潸然：流泪的樣子。明張羽《贈僧還日本》詩：「本來無去住，相别莫潸然。」真如華清宫女説開元、天寶遺事也。昔杜牧之於洛陽城東重睹張好好，杜牧（八〇三～約八五二）：字牧之，號樊川居士，京兆萬年（今陝西西安）人。唐代詩人。杜牧人稱「小杜」，以别於杜甫。張好好：唐代樂妓，十三歲時與杜牧相見，而後被人納爲小妾，再後淪爲「當壚」之賣酒女，在洛陽街頭與杜牧重逢，杜牧感舊傷懷，題詩贈之。感舊傷懷，題詩以贈，末云：「朋游今在否，落拓更能無。落拓：窮困潦倒，寂寞冷落。門館慟哭後，水雲秋景初。斜日挂哀柳，涼風生座隅。灑盡滿襟泪，短歌聊一書。」正爲今日而説。余即書於素扇以貽之，素扇：潔白而没有寫字繪畫的扇子。貽之：贈送與她。大娘捧扇而泣，或據床以哦，哀動鄰壁。據床以哦：即吹笛吟唱。據床，吹笛意，典出《晋書·桓伊傳》：「伊是時已貴顯，素聞徽之名，便下車，踞胡床，爲作三調，弄畢，便上車去，客主不交一言。」哦，吟咏。

顧媚，字眉生，又名眉。莊妍靚雅，風度超群，鬢髮如雲，桃花滿面，弓彎纖小，腰肢輕亞。弓彎：

指舊時婦女裹纏如弓形的脚。《閱微草堂筆記·如是我聞二》：『蒙古某額駙嘗射得一狐，其後兩足著紅鞋，弓彎與女子無异。』腰肢：亦作『腰支』。腰身，身段，體態。南朝沈約《少年新婚爲之咏》：『腰肢既軟弱，衣服亦華楚。』通文史，善畫蘭，追步馬守真，馬守真：馬湘蘭（一五四八～一六〇六），萬曆年間金陵名妓。據《秦淮廣記》載，她名守貞，字湘蘭，小字玄兒，又字月嬌，因在家中排行第四，人稱『四娘』。她秉性靈秀，能詩善畫，尤擅畫蘭竹。而姿容勝之，時人推爲南曲第一。家有眉樓，綺窗綉簾，牙籤玉軸，堆列几案；瑶琴錦瑟，陳設左右，香烟繚繞，檐馬丁當。檐馬：亦名『鐵馬』『風鐸』。檐馬是現代風鈴的前身，起源於中國古代的占風鐸，主要用於占卜。古人也有用它判斷風嚮的。據史載，唐朝時，睿宗的兒子岐王在宮中竹林裏挂了許多玉片，聽玉片的碰撞聲即可判斷風的方嚮。這些玉片就是占風鐸。風鈴也作爲辟邪物懸挂於房前屋後。余嘗戲之曰：『此非眉樓，乃迷樓也。』人遂以『迷樓』稱之。迷樓：隋煬帝在揚州所建宮殿名。迷樓極盡人間奢華，其中千門萬户，複道連綿；幽房雅室，曲屋自通。步入迷樓，令人意奪神飛，不知所在。有誤入者，終日而不能出。煬帝游迷樓後，大喜過望，説：『使真仙游其中，亦當自迷也，可目之曰迷樓。』迷樓緣此而得名。當是時，江南侈靡，文酒之宴，紅妝與烏巾紫裘相間，紅妝：指女子的盛妝。因婦女妝飾多用紅色，故稱。古樂府《木蘭詩》：『阿姊聞妹來，當户理紅妝。』此處代指女子。烏巾：即烏角巾，黑頭巾，古代多爲隱居不仕者的帽子。南朝宋羊欣《采古來能書人名》：『吴時張弘好學不仕，常著烏巾，時人號爲張烏巾。』這裏代指未做官的名士。紫裘：貴官公服。這裏代指達官貴人。座無眉娘不樂。而尤艷顧家厨食，品差擬郇公、李太尉，以故設筵眉樓者無虚日。郇公：韋陟（六九七～七六一），字殷卿，京兆萬年（今西安）人。唐代書法家。開元中襲郇國公，纍授吏部尚書。風格方整，善文辭，書有楷法，一時知名士皆與游。李太尉：李德裕（七八七～八四九），字文饒，趙郡贊皇（今河北贊皇縣）人。晚唐名相。其人生活奢侈，《太平廣記》中説他『每食一杯羹，費錢約三萬，雜寶貝、珠玉、雄黄、朱砂，煎汁爲之。至三煎，即弃其滓於溝中』。

然艷之者雖多，妒之者亦不少。適浙東一傖父，傖父：南北朝時，南人譏北人粗鄙，蔑稱之爲『傖父』。後用以泛指粗俗、鄙賤之人。與一詞客争寵，詞客：擅長文詞的人。唐王維《偶然作》詩之六：『宿世謬詞客，前身應畫師。』合江右某孝廉互謀，孝廉：孝廉是漢武帝時設立的察舉考試，爲任用官員的一種科目，有『孝順親長、廉能正直』的意思。明、清兩代是對舉人的雅稱。使酒罵座，訟之儀司，儀司：泛稱地方司法機構。誣以盜匿金犀酒器，金犀酒器：黄金和犀角做的酒器。意在逮辱眉娘也。余時義憤填膺，作檄討罪，義憤填膺：義憤，對違反正義的事情所産生的憤怒；膺，胸。胸中充滿了正義的憤恨。檄：文體名。古官府用以徵召、曉喻、聲討的文書。有云：『某某本非風流佳客，謬稱浪子、端王。以文鴛彩鳳之區，排封豕長蛇之陣；用誘秦誆楚之計，作摧蘭折玉之謀。種夙世之孽冤，煞一時之風景』云云。浪子、端王：分別指宋人李邦彦和北宋徽宗趙佶。他們都是富有才華之人。李邦彦自號『李浪子』，徽宗登基前爲端王，故稱。文鴛彩鳳：文鴛，即鴛鴦，以其羽毛華美，故稱。彩鳳，是一種鳥，屬鸚鵡科，又名虎皮鸚鵡、阿蘇兒、姣鳳、長尾戀愛鳥、石燕、鸚哥。封豕長蛇：封，大也；封

豕，大豬；長蛇，大蛇。原指貪婪如大豬，殘暴如大蛇，後比喻貪暴者或侵略者。《左傳・定公四年》：『吴爲封豕長蛇，以薦食上國。』誘秦詛楚：戰國時張儀勸導秦國以連衡破合縱，以詭詐手段欺騙楚國背齊嚮秦。代指挑撥離間。摧蘭折玉：摧，摧殘，毀掉。毀壞蘭花，折斷美玉。比喻摧殘和傷害女子。夙世：前世。《宣和畫譜・李得柔》：『得柔幼喜讀書，工詩文，至於丹青之技，不學而能，益驗其夙世之餘習焉。』傖父之叔爲南少司馬，見檄，斥傖父東歸，訟乃解。眉娘甚德余，德：感激。於桐城方瞿庵堂中，願登場演劇爲余壽。從此摧幢息機，矢脱風塵矣。摧幢息機：摧幢，摧折旗幟。幢，一種旌旗，垂筒形，飾有羽毛、錦綉。息機，息滅機心。這裏指擺脱世俗，停止風塵活動。矢：發誓。《詩經・墉風・柏舟》：『之死矢靡它。』毛傳：『矢，誓。』

未幾，歸合肥龔尚書芝麓。未幾：没過多久，不久。歸：古代謂女子出嫁。《易經・漸卦》：『女歸，吉。』孔穎達疏：『女人……以夫爲家，故謂嫁曰歸也。』合肥龔尚書芝麓：龔鼎孳（一六一五～一六七三），字孝昇，號芝麓，安徽合肥人。與吴偉業、錢謙益并稱爲『江左三大家』。崇禎七年（一六三四）進士，曾在兵科任職，前後彈劾周延儒、陳演、王應熊、陳新甲、吕大器等權臣。降清後，纍官禮部尚書。尚書雄豪蓋代，雄豪：雄壯豪放。《晋書・慕容翰載記》：『性雄豪，多權略。』視金玉如泥沙糞土。得眉娘佐之，益輕財好客，益：更加。憐才下士，憐才下士：憐惜豪才，下於士子。名譽盛於往時。客有求尚書詩文及乞畫蘭者，縑箋動盈篋笥，篋笥：藏物的竹器，多指箱和籠。畫款所書『横波夫人』者也。横波夫人：顧媚與龔鼎孳結婚後，改姓徐，號横波，故稱其爲横波夫人。歲丁酉，歲丁酉：清順治十四年，公元一六五七年。尚書挈夫人重過金陵，寓市隱園中林堂。市隱園：在今南京市長樂路武定橋東南油坊巷。值夫人生辰，張燈開宴，請召賓客數十百輩，命老梨園郭長春等演劇。酒客丁繼之、張燕築及二王郎（中翰王式之，水部王恒之），串《王母瑶池宴》。

夫人垂珠簾，召舊日同居南曲呼姊妹行者與燕，與燕：參加宴會。燕，通『宴』。宴飲，宴請。《詩經・小雅・南有嘉魚》：『君子有酒，嘉賓式燕以樂。』鄭玄箋：『用酒與賢者燕飲而樂也。』高亨注：燕，通『宴』。李大娘、十娘、王節娘皆在焉。時尚書門人楚嚴某，赴浙監司任，楚嚴某：嚴正矩，字方公，號絜庵，湖北孝感人。明崇禎十六年進士。順治初，官嘉興府推官，纍官户部左侍郎。監司：有監察州縣之權的地方長官簡稱。逗留居樽下，褰簾長跪，褰簾：提起簾子。褰，撩起，用手提起。捧卮稱：『賤子上壽！』賤子：謙稱自己。《漢書・游俠傳・樓護》：『時請召賓客，邑居樽下，稱「賤子上壽」。』上壽：祝禱長壽。坐者皆離席伏。夫人欣然爲罄三爵，尚書意甚得也。爲罄三爵：連飲三杯。意甚得：形容非常得意。余與吳園次、鄧孝威作長歌紀其事。吳園次、鄧孝威：吳園次即吳綺（一六一九～一六九四），字園次，一字豐南，號綺園，又號聽翁、紅豆詞人，江都（今江蘇揚州）人。順治貢生，官中書。鄧孝威即鄧漢儀（一六一七～一六八九），一字舊山農，號鉢叟，江蘇泰州人。工詩。康熙間薦試博學鴻儒，授中書。嗣後，還京師，以病死。斂時，斂時：入殮的時候。現老僧相，吊者車數百乘，備極哀榮。哀榮：死後喪事辦得很隆重。改姓徐氏，世又稱徐夫人。尚書有《白門柳傳奇》行於世。

顧眉生既屬龔芝麓，百計祈嗣，祈嗣：求子。嗣，子嗣，後代。而卒無子，甚至雕异香木爲男，四肢俱動，錦綳綉褓，顧乳母開懷哺之。保母褰襟作便溺狀，保母：古代宫廷或貴族之家負責撫養子女的女妾、後泛稱爲人撫育、管領子女的婦女。便溺狀：排泄的樣子。內外通稱『小相公』，龔亦不之禁也。時龔以奉常寓湖上，奉常：官名。秦置。爲九卿之一，掌宗廟禮儀。漢改名太常。順治二年（一六四五）九月，龔鼎孳遷太常寺少卿。杭人目爲『人妖』。後龔竟以顧爲亞妻。元配童氏，明兩封孺人。孺人：古時稱大夫的妻子，明清時爲七品官的母親或妻子的封號。龔入仕本朝，歷官大宗伯，大宗伯：《周禮》謂春官之長爲大宗伯，掌禮制，爵爲卿。後以大宗伯爲禮部尚書的别稱，少宗伯爲禮部侍郎的别稱。明清亦稱禮部尚書爲大宗伯。童夫人高尚，居合肥，不肯隨宦京師。且曰：『我經兩受明封，以後本朝恩典，讓顧太太可也。』顧遂專寵受封。嗚呼！童夫人賢節過鬚眉男子多矣！

董白，字小宛，一字青蓮。天姿巧慧，容貌娟妍。娟妍：俊美，艷麗。七八歲時，阿母教以書翰，輒了了。書翰：文書，書信。翰，長而堅硬的羽毛；借指毛筆和文字、書信等。了了：明瞭。《世説新語·言語》：『小時了了，大未必佳。』稍長，顧影自憐。顧影自憐：顧，泛指看；憐，憐惜，愛戀。回頭看看自己的影子，憐惜起自己來。形容自我欣賞。針神曲聖、針神曲聖：善刺綉，工曲藝。食譜茶經，莫不精曉。性愛閑靜，遇幽林遠澗、片石孤雲，則戀戀不忍捨去。至男女雜坐，歌吹喧闐，喧闐：亦作『喧填』『喧嗔』。喧嘩，熱鬧。心厭色沮，意弗屑也。慕吴門山水，徙居半塘，小築河濱，竹籬茅舍。經其户者，則時聞歌詩聲或鼓琴聲，皆曰：『此中有人。』

已而，已而：不久，後來。宋歐陽修《醉翁亭記》：『已而夕陽在山，人影散亂，太守歸而賓客從也。』扁舟游西子湖，西子湖：即杭州西湖。登黄山，禮白岳，白岳：齊雲山，是中國四大道教名山之一，古稱白岳。位於徽州休寧縣城西。境内有三十六奇峰、七十二怪崖，間以幽洞、曲澗、碧池、青泉，匯成勝境。仍歸吴門。喪母、抱病，畫樓以居。隨如皋冒辟疆過惠山，冒辟疆：冒襄（一六一一～一六九三），字辟疆，號巢民，一號樸庵，又號樸巢，明末四公子之一。康熙三十二年（一六九三）卒，年八十有三，私謚潛孝先生。惠山：一名慧山，在江蘇無錫西郊，屬於浙江天目山由東向西綿延的支脉，最高峰爲三茅峰。相傳，西域僧人慧照曾居於此，故名。歷澄江、荆溪，抵京口，陟金山絶頂，觀大江競渡以歸。競渡：划龍舟比賽。後卒歸辟疆爲側室。側室：小妾。事辟疆九年，年二十七，以勞瘁死。死時，辟疆作《影梅庵憶語》二千四百言哭之。影梅庵憶語：冒辟疆的書齋名曰『影梅庵』。《影梅庵憶語》追憶冒辟疆與董小宛的愛情故事。名士名媛，才情俱至，字裏行間，哀感惋艷，雖瑣碎記來，却情真語摯，不難領略到封建禮教下透露出的一縷春光。同人哀辭甚多，惟吴梅村宫尹十絶句，吴梅村：吴偉業

（一六〇九～一六七二），字駿公，號梅村，別署鹿樵生、灌隱主人、大雲道人。世居江蘇昆山，祖父始遷江蘇太倉。明末清初著名詩人，與錢謙益、龔鼎孳并稱『江左三大家』。可傳小宛也。存其四首云：『珍珠無價玉無瑕，小字貪看問妾家；尋到白堤呼出見，月明殘雪映梅花。』又云：『《念家山破》《定風波》，郎按新詞妾按歌。念家山破：曲名。南唐李煜自度曲。今失傳。宋馬令《南唐書・後主紀》：『舊曲有《念家山》，王親演爲《念家山破》，其聲噍殺，而其名不祥，乃敗徵也。』定風波：詞牌名。定風波引，一作《定風波令》，又名《捲春空》、《醉瓊枝》。唐教坊曲，《張子野詞》入『雙調』。六十二字，上片三平韵，錯叶二仄韵，下片二平韵，錯叶四仄韵。按：敲擊，彈奏。《文選・宋玉〈招魂〉》：『肴羞未通，女樂羅些；陳鐘按鼓，造新歌些。』劉良注：『按，猶擊也。』恨殺南朝阮司馬，累儂夫婿病愁多。』阮司馬：阮大鋮（一五八七～一六四六），字集之，號圓海、石巢、百子山樵，桐城（今安徽樅陽藕山）人。明末政治人物、著名戲曲作家。以進士居官後，先依東林黨，後依魏忠賢閹黨，崇禎朝終以附逆罪罷官爲民。南明福王政權中，阮任兵部尚書，故稱司馬。儂：我。多見於舊詩文。又云：『亂梳雲

髻下妝樓，盡室倉皇過渡頭；鈿盒金釵渾抛却，高家兵馬在揚州。』倉皇：匆促，慌張。唐溫庭筠《湖陰曲》：『倉皇追騎塵外歸，森索妖星陣前死。』渾：副詞。皆，都。高家兵馬：這裏指高杰所率領的軍隊在揚州城外燒殺搶掠、爭城掠地一事。高杰，字英吾，米脂人。初爲李自成先鋒，崇禎七年（一六三四）降明。甲申（一六四四）春，率其部四十餘萬人由北而南，沿途劫掠。四月廿八日圍揚州。又云：『江城細雨碧桃村，寒食東風杜宇魂；欲吊薛濤憐夢斷，墓門深更阻侯門。』寒食：即寒食節，亦稱『禁烟節』『冷節』『百五節』。在每年四月四日，清明節的前一天。在這一日，禁烟火，祇吃冷食，所以叫作『寒食節』。在後世的發展中逐漸增加了祭掃、踏青、鞦韆、蹴鞠、牽勾、鬥卵等風俗，寒食節前後綿延兩千餘年，曾被稱爲民間第一大祭日。不少文人墨客都寫過關於寒食節的詩文。杜宇魂：杜宇爲傳説中的古蜀國國王。周代末年，七國稱王，杜宇始稱帝於蜀，號曰望帝。晚年時，洪水爲患，蜀民不得安處，乃使其相鱉靈治水。鱉靈察地形，測水勢，疏導宣泄，水患遂平，蜀民安處。杜宇感其治水之功，讓帝位於鱉靈，號曰開明。杜宇退而隱居西山，傳説死後化作鵑鳥，每年春耕時節，子鵑鳥鳴，蜀人聞之曰『我望帝魂也』，因呼鵑鳥爲杜鵑。一説因通於其相之妻，慚而亡去，其魂化作鵑鳥，後因稱杜鵑爲『杜宇』。薛濤：（七六八～約八三四），唐代女詩人。字洪度，長安（今陝西西安人）。幼年隨父鄖流寓成都，八九歲能詩，父死家貧，十六歲遂墮入樂籍，脱樂籍後終身未嫁。後定居浣花溪。薛濤姿容美艷，性敏慧，能詩，曉音律，多才藝，聲名傾動一時。

卞賽，一曰賽賽，後爲女道士，自稱玉京道人。知書，工小楷，善畫蘭、鼓琴。喜作風枝裊娜，風枝裊娜：枝葉柔長摇曳的樣子，形容草或枝條細長柔軟。一落筆，畫十餘紙。年十八，游吴門，僑居虎丘。湘簾棐几，地無纖塵。湘簾棐几：湘簾，用湘妃竹做的簾子。棐几，用棐木做的几桌，也泛指几桌。見客，初不甚酬對；酬對：應對，對答。宋陸游《老學庵筆記》卷一：『德昭對客議時事，率不遜語，人莫敢與酬對。』若遇佳賓，則諧謔間作，諧謔：詼諧逗趣。談辭如雲，談辭如雲：指談話時言辭如飄雲那樣奔涌而出。南朝宋范曄《後漢書・符融傳》：『融幅巾奮袞，談辭如雲。』一座傾倒。尋歸秦淮，遇亂，復游吳。梅村學士作《聽女道士卞玉京彈琴歌》贈之，梅村學士：即吳梅村。詳見前注。中所云『昨夜城頭吹篳篥，篳篥：即觱篥。也稱管，古代樂器的一種，多用於軍中。流行於我國北方。教坊也被傳呼急。教坊：掌管音樂聲教的機構。碧玉班中怕點留，碧玉：中國古代著名美女，成語『小家碧玉』的主角，晉代汝南王司馬亮的妾。樂營門外盧家泣。樂營：樂營是使幕宴樂的產物，營妓即配屬樂營之妓。盧家：古樂府中相傳有洛陽女子莫愁，嫁於豪富的盧氏夫家。南朝梁武帝《河中之水歌》：『盧家蘭室桂爲梁，中有鬱金蘇合香……人生富貴何所望，恨不早嫁東家王。』後泛指善奏樂器的女子。私更妝束出江邊，恰遇丹陽下渚船。剪就黃絁貪入道，携來綠綺訴嬋娟』者，正此時也。黃絁：黃絲綢。絁，粗綢。這裏指汴賽所穿的道服。綠綺：漢代著名文人司馬相如的琴。相如得『綠綺』，如獲珍寶。他精湛的琴藝配上『綠綺』絶妙的音色，使『綠綺』琴名噪一時。後來，『綠綺』就成了古琴的別稱。在吳作道人裝，然亦間有所主。侍兒柔柔，承奉硯席如

弟子，硯席：硯臺和座席，借指學習。指揮如意，亦静好女子也。逾兩年，渡浙江，歸於東中一諸侯。歸：這裏指嫁作。東中：晉室南渡後對浙江會稽一帶的泛稱。亦專指會稽。不得意，進柔柔當夕，乞身下髮。當夕：指妻妾侍寢。《魏書·孝文幽皇后傳》：『專寢當夕，宫人稀復進見。』乞身：古代以作官爲委身事君，請求辭職爲乞身。這裏指辭别之意。復歸吴，依良醫鄭保御，築别館以居。長齋綉佛，長齋綉佛：長齋，終年素食者曰吃長齋。綉佛，用彩色絲綫綉成的佛像。唐杜甫《飲中八仙歌》：『蘇晉長齋綉佛前，醉中往往愛逃禪。』持戒律甚嚴。刺舌血，書《法華經》以報保御。刺舌血：刺血寫經，這種方式表現了大德高僧對佛法的至真至誠。這裏表現出卞賽對保御的真情。法華經：《妙法蓮華經》，簡稱《法華經》。是佛陀釋迦牟尼晚年所説教法，屬於開權顯實的圓融教法，大小無异，顯密圓融，顯示人人皆可成佛之一乘了義。又十餘年而卒，葬於惠山祇陀庵錦樹林。惠山：坐落於江蘇無錫西郊。

玉京有妹曰敏，頎而白如玉肪，風情綽約，頎：修長貌。《詩經·衛風·碩人》：『碩人其頎，衣錦褧衣。』毛傳：『頎，長貌。』綽約：形容女子姿態柔美的樣子。人見之，如立水晶屏也。亦善畫蘭鼓琴。對客爲鼓一，再行，即推琴斂手，面發頳色。頳色：紅色。頳，紅。南朝梁江淹《雜三言·悦曲池》：『北山兮黛柏，南江兮頳石。』畫蘭，亦止寫筱竹枝、筱竹枝：細竹枝。筱，細竹子，亦稱『箭竹』。蘭草二三朵，不似玉京之縱横枝葉、淋漓墨瀋也。然一以多見長，一以少爲貴，各極其妙，識者并珍之。携來吴門，一時争艶，户外屨恒滿。户外屨恒滿：屨，單底鞋，多以麻、葛、皮等製成，後亦泛指鞋。這句話的意思是，敏的生意紅火，光顧者衆多。乃心厭市囂，歸申進士維久。市囂：市井喧鬧聲。申進士維久：申紘祚，字維久，吴縣（今屬江蘇）人。清順治十二年（一六五五）進士。其祖是明代萬曆朝名相申時行，故稱宰相孫。維久宰相孫，性豪舉，好賓客，詩文名海内，海内賢豪多與之游。得敏，益自喜，爲閨中良友。亡何，維久病且歿，亡何：不久。《漢書·翟方進傳》：『子夏既過方進，揣知其指，不敢發言。居亡何，方進奏咸與逢信「邪枉貪污，營私多欲」。』顔師古注：『無何猶言無幾，謂少時。』病且歿：染病快要死去。歿，死，去世。家中替。敏復嫁一貴官潁川氏，官於閩。閩變起，潁川氏手刃群妾，遂自剄。自剄：自刎。剄，用刀割脖子。聞敏亦在積尸中也。或曰三年病死。

范珏，字雙玉。廉静，寡所嗜好，一切衣飾、歌管艷靡紛華之物，皆屏弃之。屏弃：拋弃，排除。惟闔户焚香瀹茗，闔户：閉門。闔，關閉。瀹茗：煮茶。瀹，煮。相對藥爐、經卷而已。性喜畫山水，摹仿史痴、顧寶幢，史痴：史忠。明代畫家。本姓徐，名端本，字廷直。十七歲方能言，外呆内慧，人以痴呼之，因號痴翁、痴仙、痴痴道人，金陵人。善畫，似方人義，長於雲山圖，瀟灑不群。其山水樹石，縱筆揮寫，不拘家數。兼善人物、花木、竹石，亦有奇趣。顧寶幢：顧源，字清甫，號寶幢居士，應天府人。明世宗嘉靖年間的秀才。年少灑脱，才華出衆，工於詩書，善於繪畫。四十歲時，完全捨弃過去所學習的文藝，并且斷絶一切酒肉，建築一間小樓房，獨自居住在其中，精進修行禪觀。檐枒老樹，遠山絶澗，筆墨間有天然氣韵，婦人中范華原也。范華原：范寬，本名中正，字中立（又作仲立），北宋山水畫家，生活於北宋前期，名列北宋山水畫三大名家之一。

頓文，字少文，琵琶頓老女孫也。性聰慧，識字義，唐詩皆能上口。授以琵琶，布指護索，然意弗屑，不肯竟學。學鼓琴，雅歌《三叠》，三叠：古曲名，即《陽關三叠》。是一首感人至深的古曲，爲中國十大古琴曲之一。也是我國古代音樂作品中難得的精品，千百年來被人們廣爲傳唱，有著旺盛的藝術生命力。這首樂曲産生於唐代，是根據著名詩人、音樂家王維的名篇《送元二使安西》譜寫而成的。因爲詩中有『渭城』『陽關』等地名，所以，又名《渭城曲》《陽關曲》。大約到了宋代，《陽關三叠》的曲譜便已失傳了。清泠泠然，神與之浹，泠泠：本指流水聲。借指清幽的聲音。浹：融合。故又字曰琴心云。琴心生於亂世，頓老賴以存活，不能早脱樂籍。樂籍：樂户的名籍。古時官妓屬樂部，故稱。亦指樂户或官妓。賃屋青溪里，蓽門圭竇，蓽門圭竇：篳門，荊竹編成的門，又稱柴門。圭竇，墻上鑿洞，上鋭下方，形似圭。常用以喻指貧户居室，窗洞極小。也作蓽門閨竇。宋陳亮《畏羞於君子》：『此丈夫所當履其道，免筆誅口伐於蓽門閨竇之間。』風月凄凉。屢爲健兒、傖人所厄，健兒：軍卒，士兵。傖人：粗野、鄙賤、缺乏教養的人。詳見前注。最後爲李姓者挾持，牽連入獄，雖緣情得保，猶守以牛頭阿旁也。牛頭阿旁：佛教稱地獄中長著牛頭的鬼卒。這裏指代牢獄生活。客有王生者，挽余居間營救，居間：在其間。宋范成大《大波林》詩：『湖路荒寒又險艱，大千空水我居間。』偕往訪之。風鬟霧鬢，憔悴可憐，猶援琴而鼓彈別鳳離鸞之曲，別鳳離鸞：鸞，傳説中鳳凰一類的鳥。比喻夫妻離散。唐李賀《湘妃》詩：『離鸞別鳳烟梧中。』如猿吟鵑啼，不忍聞也。猿吟鵑啼：形容曲調十分凄苦。

余説内鄉許公，屬其門生直指使者縱之，復還故居。吴郡王子其長主張燕築家，王子其長：王發，字其長。吴縣（今屬江蘇）人。同聲社領袖之一。後涉『逆書』事被殺。張燕築：當時著名藝人，善歌。與琴心比鄰，兩相慕悦。王子故輕俠，傾金錢，賑其貧悴。輕俠：謂爲人輕生重義而勇於急人之難。貧悴：亦作『貧瘁』。貧窮困苦。將携歸，置別室，突遘奇禍。突遘奇禍：突然遭遇到意外的禍患。遘：遇，遭遇。收者至，見琴心，詫曰：『此真禍水也。』憫其非辜，驅之去，獨捕王子。王子被戮，琴心逸，然終歸匪人。匪人：行爲不端正的人。嗟乎！佳人命薄，若琴心者，其尤哉！其尤哉！

沙才，美而艶，豐而柔，骨體皆媚，天生尤物也。尤物：容貌艷麗的女子。尤，尤其，格外。善弈棋、吹簫、度曲。度曲：按曲譜歌唱。漢張衡《西京賦》：『度曲未終，雲起雪飛。』長指爪，修容貌，留仙裙，石華廣袖，衣被燦然。留仙裙：有縐褶的裙，類似今之百褶裙。據説西漢的皇后趙飛燕愛穿裙裝，一天她穿了一件雲英紫裙來到太液池邊，在笙歌鼓樂中翩翩起舞，突然間狂風大作，她像風箏一樣飄起來，宮女慌忙追趕去抓她的裙角，裙子被抓出褶皺，但趙飛燕穿上有皺褶的裙子後更漂亮了，從此，宮女們盛行穿摺疊出褶皺的裙子，美其名曰留仙裙。燦然：耀眼的光彩。後携其妹曰嫩者，游吴郡，卜居半塘，卜居：選擇居處。一時名噪，人皆以二趙、二喬目之。二趙：西漢時期著名的美女趙飛燕、趙合德。趙飛燕，原名宜主，是成帝的皇后和哀帝時的皇太后。趙合德是趙飛燕的妹妹，漢成帝的寵妃。二喬：三國時喬公的兩個女兒，大喬嫁孫策，小喬嫁周瑜。惜也才以瘄發，瘄：癧、癖、疽、瘤等的總稱。剜其半面；嫩歸咤利，鬱鬱死。鬱鬱：憂傷、沉悶的樣子。

馬嬌，字婉容。姿首清麗，濯濯如春月柳，灔灔如出水芙蓉，濯濯：明淨、清朗的樣子。灔灔：形容水波閃動的樣子。真不愧『嬌』之一字也。知音識曲，妙合宮商宮商：五音中的宮音與商音。後泛指音律。老伎師推爲獨步。獨步：超出群倫。然終以誤墮烟花爲恨，墮烟花：這裏指淪落風塵。思擇人而事，不敢以身許人。卒歸貴竹楊龍友。貴竹：即貴陽。楊龍友：即楊文驄，詳見前注。龍友名文驄，以詩畫擅名，華亭董文敏亟賞之。董文敏：董其昌（一五五五～一六三六），字玄宰，號思白，謚文敏。華亭（今上海松江）人。明末書法大家。萬曆十七年（一五八九）進士，官至禮部尚書。亟：多次，屢次。

先是，閩中郭聖僕有二妾，一曰李陀那，一曰朱玉耶。聖僕殁，殁：死，去世。龍友得玉耶，并得其所蓄書畫、瓶硯、几杖諸玩好、古器，復擁婉容，終日摩挲笑語爲樂。摩挲：撫摩，撫弄。甲申之變，甲申之變：即指清軍入關。詳見前注。貴陽馬士英册立弘光，馬士英（約一五九一～一六四六）：字瑤草，貴州貴陽人。明末鳳陽總督，南明弘光朝内閣首輔。自爲首輔，援引閹兒阮大鋮構黨煽權，閹兒：對太監的蔑稱。撓亂天下，以致五月出奔，都城百姓焚燒兩家居第。居第：庭院，住所。以龍友鄉戚有連，亦被烈炬，鄉戚：同鄉親戚。楊文驄是馬士英的甥婿，他們都是

貴陽人。烈炬：火把。這裏用作動詞，燒。頃刻灰燼。時龍友巡撫蘇、松，盡室以行。玉耶久殉，婉容莫知所終。龍友父子殉難閩嶠，無遺種也。殉難閩嶠：這裏指楊文驄父子三人在浦城被清軍俘獲，因不屈而被殺一事。猶存老母，丐歸金陵，依家僕以終天年。丐：這裏指以乞討爲生。

婉容有妹曰嫩，亦著名。又有小馬嫩者，輕盈飄逸，自命風流。真州鹽賈用千金購得，奉溧陽陳公子。溧陽：溧陽位於江蘇省南部，地處長江三角洲。公子昵之未久，并奩具贈豫章陳伯璣，并奩：連同梳妝奩。奩，古代盛梳妝用品的器具，泛指盒匣一類的盛物器具。豫章：指今南昌一帶。陳伯璣：陳允衡（？～一六七二），字伯璣，江西南昌人，避亂寓蕪江。約清世祖順治末前後在世。杜門窮巷，以詩歌自娛。與王士禎、施閏章交最篤。體清羸，雙瞳碧色。生一子一女，如王子敬之有桃根也。王子敬：王獻之（三四四～三八六），東晉書法家，字子敬，會稽山陰（今浙江紹興）人。官至中書令，故世稱『王大令』，爲羲之第七子。桃根：王獻之愛妾桃葉之妹，借指歌妓或所愛戀的女子。清陳世宜《得天梅書却寄》詩之四：『斜陽寂寞烏衣巷，便是桃根也泪零。』

顧喜，一名小喜。性情豪爽，體態豐華。雙趺不纖妍，雙趺：指兩足。宋蘇軾《菩薩蠻・咏足》詞：『偷穿宮樣穩，并立雙趺困。』人稱爲顧大脚，又謂之『肉屏風』。肉屏風：形容形體肥胖。典故出自五代王仁裕《開元天寶遺事·肉陣》。唐玄宗時，楊國忠專權。他生活豪奢荒淫，冬天挑選身體肥胖的婢妾站在他前面遮風，稱爲『肉陣』，也稱『肉屏風』。然其邁往不屑之韵，凌霄拔俗之姿，則非籬壁間物也。凌霄：迫近雲霄。籬壁間物：家鄉所産的平常之物，這裏喻指普通之物。南朝宋劉義慶《世説新語·排調》：『桓玄素輕恒崖，崖在京下有好桃，玄連就求之，遂不得佳者。玄與殷仲文書以爲嗤笑，曰：德之休明，肅慎貢其楛矢；如其不爾，籬壁間物亦不可得也。』當之者，似李陵提步卒三千人抵鞮汗山，李陵：字少卿，隴西成紀（今甘肅静寧南）人。西漢將領，李廣之孫。鞮汗山：李陵兵敗降匈奴的地方。入狹谷，往往敗北生降矣。敗北：古代稱戰敗爲『敗北』。漢武帝《悼李夫人賦》有云『佳俠含光』，余題四字顔其室。亂後不知從何人以去，或曰歸一公侯子弟云。

朱小大，頗著美名，余未之見。然聞其纖妍俏潔，纖妍俏潔：纖妍，纖細美好。俏潔，俊俏潔净。涉獵文藝，粉掐墨痕，縱横縹帙，是李易安之流也。粉掐、墨痕：這裏均代指作畫。縹帙：淡青色帛做成的書衣，也指書卷。唐李白《聞丹丘子於城北山營石門幽居》詩：『故園恣閑逸，求古散縹帙。』縱横縹帙，即博覽群書意。李易安：李清照（一〇八四~一一五一），濟南章丘（今屬山東）人，號易安居士。宋代女詞人，婉約詞派代表。歸昭陽李太僕。太僕遇禍，家滅。昭陽：江蘇興化的古稱。

王小大，生而韶秀。韶秀：美好秀麗。《新唐書·光王琚傳》：『夏悼王一，生韶秀，以母寵，故鍾愛，命之曰一。』爲人圓滑便捷，善周旋。廣筵長席，人勸一觴，一觴：一杯酒。觴，盛滿酒的杯，亦泛指酒器。皆膝席歡受。又工於酒糾、觥録事，無毫髮謬誤，觥録事：飲酒時掌管酒令的人。唐元稹《黄明府詩序》：『小年曾於解縣連月飲酒，予常爲觥録事。』毫髮：猶絲毫。極少，極細微。能爲酒客解紛釋怨，時人謂之『和氣湯』。揚州顧爾邁，字不盈，鎮遠侯介弟也，介弟：對他人之弟的敬稱。挾戚里之富，往來平康。悅小大，貯之河亭，時時召客大飲。效陳孟公、高季式，授女將軍酒正印，陳孟公：陳遵，字孟公，杜陵（今西安）人。封嘉威侯。嗜酒，《漢書·游俠傳》記載：『每大飲，賓客滿堂，輒關門，取客車轄投井中，雖有疾，終不得去。』高季式：字子通，渤海蓨（今河北景縣）人。北齊年間人，豪爽好酒，有膽氣。中興初，拜鎮遠將軍、正員郎，遷衛將軍、金紫光祿大夫，尋加散騎常侍，領主衣都統。正印：舊指大老婆、正房夫人等。左右指麾，客皆極飲濫醉。有醉而逸者，逸：放縱，淫荒。鎖門脫履，卧地上，至日中乃醒。時吳橋范文貞公官南大司馬，范文貞公：范景文（一五八七～一六四四），明末殉節官員。字夢章，號思仁，別號質公，謚文貞，河間府吳橋（今屬河北）人。萬曆四十一年（一六一三）進士。歷官東昌府推官、吏部文選郎中、工部尚書兼東閣大學士，明亡自殺，著有《大臣譜》《戰守全書》。不盈爲揖客，出入轅戟，有古任俠風。揖客：長揖不拜之客。轅戟：這裏代指官府之門。任俠：附帶意氣，以俠義自任。書畫與鄭超宗齊名。鄭超宗：鄭元勛（一六〇四～一六四五），明代畫家。字超宗，號惠東，江都（今揚州）人。崇禎十六年（一六四三）進士。官至清吏司主事。工詩善畫，爲江東名流。善山水，宗吳鎮，尤工山水小景，措筆灑落全以士氣得韵。

張元，清瘦輕佻，臨風飄舉。輕佻：謂行動不沉著，不穩重。臨風飄舉：隨著風飄飄而起。齒稍長，在少年場中，纖腰踽步，亦自楚楚。少年場：年輕人聚會的場所。《漢書·酷吏傳·尹賞》：『長安中歌之曰：安所求子死？桓東少年場。生時諒不謹，枯骨後何葬？』踽步：慢步貌。楚楚：嬌柔纖弱的樣子。人呼之爲『張小脚』。

劉元，齒亦不少，齒亦不少：也不年輕。齒，人的年齡。而佻達輕盈，目睛閃閃，注射四筵。曾有一過江名士與之同寢。元轉面嚮裏帷，不與之接。拍其肩曰：『汝不知我爲名士耶？』元轉面曰：『名士是何物？

值幾文錢耶？』相傳以爲笑。

崔科，後起之秀。後起之秀：秀，特异，優秀，表示後輩中的優秀者。目未見前輩典型，然有一種天然韶令之致。韶令：聰慧，美好。《宋書・謝莊傳》：『年七歲，能屬文，通《論語》。及長，韶令美容儀。』科亦顧影自憐，矜其容色，高其聲價，不屑一切。卒爲一詞林所窘辱。詞林：翰林或翰林院的别稱。這裏指文士。窘辱：困迫凌辱。《史記・留侯世家》：『雍齒與我有故，數嘗窘辱我。』

董年，秦淮絶色，與小宛姊妹行。艷冶之名，亦相頡頏。艷冶：艷麗飄逸。頡頏：原本指鳥上下飛，飛而上曰頡，飛而下曰頏，後來泛指不相上下。鍾山張紫澱作《悼小宛》詩，中一首云：『美人在南國，余見兩雙成。兩雙成：雙成，董雙成。神話中西王母侍女名。見《漢武帝内傳》。唐白居易《長恨歌》：『金闕西厢叩玉扃，轉教小玉報雙成。』這裏代指董氏姐妹。春與年同艷，年：指董年。花推月主盟。蛾眉無後輩，蝶夢是前生。蝶夢：語出《莊子・齊物論》。這裏表示小宛的絶艷容貌是前生之事，恍然若夢。寂寂皆黄土，香風付管城。』管城：管城子，筆的别稱。唐代韓愈曾寫《毛穎傳》，説毛筆被封在管城，叫『管城子』。宋劉克莊《念奴嬌》詞：『顛毛雖禿，尚堪封管城子。』

李香，身軀短小，膚理玉色；慧俊宛轉，調笑無雙，調笑：戲謔取笑。劉紹棠《燕子聲聲裏》：『門開，迎門而立的是一個男人女相的小白臉兒，乜斜著眼睛，正要跟蕙風調笑。』人題之爲『香扇墜』。余有詩贈之云：『生小傾城是李香，懷中婀娜袖中藏。傾城：舊以形容女子極其美麗。《漢書・外戚傳》引李延年的《北方有佳人》：『寧不知傾城與傾國？佳人難再得！』婀娜：亦作『妸娜』。形容柳枝等較爲纖細的植物或女子身姿優雅，亭亭玉立。也形容輕盈柔美。有時也可以形容舞姿柔美。何緣十二巫峰女，十二巫峰女：指戰國楚宋玉所作《高唐賦》中述及的、與楚懷王夢裏相會的巫山女子。夢裏偏來見楚王。』

武塘魏子一爲書於粉壁，貴陽楊龍友寫崇蘭詭石於左偏。魏子一：魏學濂（一六〇七～一六四四），字子一，浙江嘉興嘉善人，東林黨人魏大中次子。善山水畫。楊龍友：即楊文驄，詳見前注。時人稱爲三絕。由是，香之名盛於南曲，四方才士，爭一識面以爲榮。

珠市名姬附見

珠市在內橋旁，曲巷逶迤，屋宇湫隘。逶迤：形容道路、山脈、河流等彎彎曲曲、延續不絕的樣子。湫隘：低窪狹小。然其中時有麗人，惜限於地，不敢與舊院頡頏。頡頏：相抗衡。以余所見，王月諸姬，并著迷香、神鷄之勝，又何羡紅紅、舉舉之名乎！王月：字微波，明朝末年南京舊院名妓。迷香、神鷄：指迷香洞、神鷄枕。妓女接客的上等處所。語出唐馮贄《雲仙雜記・迷香洞》：『史鳳，宣城妓也。待客以等差。甚异者，有迷香洞、神鷄枕、鎖蓮燈；次則交紅被、傳香枕、八分羊；下則不相見，以閉門羹待之，使人致語曰：請公夢中來。』紅紅：唐代元和年間，長安城的名妓。舉舉：唐代北里名妓。恐遂湮沒無聞，使媚骨芳魂與草木同腐，故附書於卷尾，以備金陵軼史云。軼史：正史以外的歷史記載。

王月，字微波，母胞生三女：長即月，次節，次滿，并有殊色。月尤慧妍，善自修飾，頎身玉立，皓齒明眸，异常妖冶，名動公卿。頎身：身材修長。皓齒明眸：潔白的牙齒，明亮的眼睛。妖冶：艷麗。漢司馬相如《上林賦》：『若夫青琴宓妃之徒，絕殊離俗，妖冶嫺都。』桐城孫武公暱之，擁致棲霞山下雪洞中，經月不出。孫武公：即孫克賢。詳見前注。棲霞山：位於南京城東北，又名攝山。南朝時山中建有『棲霞精舍』，因此得名。經月：指太陰曆月亮經歷一次朔望的標準時間，即整月。己卯歲牛、女渡河之夕，大集諸姬於方密之僑居水閣。己卯歲：崇禎二十年，公元一六三九年。牛、女渡河之夕：指農曆七月初七。相傳，在每年農曆七月初七的夜晚，天上的織女都要與牛郎在鵲橋相會。方密之：即方以智（一六一一～一六七一），字密之，號曼公，又號鹿起、龍眠愚者等，安徽桐城人。明末四公子之一。崇禎十三年（一六四〇）進士。甲申之變後，出家為僧，秘密從事反清復明活動。四方賢豪，車騎盈閭巷。梨園子弟，三班駢演。駢演：同臺演出。閣外環列舟航如堵墻。品藻花案，品藻：品評，鑒定。《漢書・揚雄傳下》：『爰及名將尊卑之條，稱述品藻。』顔師古注：『品藻者，定其差品及文質。』花案：舊指評定妓女名次的名單。設立層臺，以坐狀元。二十餘人中，考微波第一，登臺奏樂，進金屈卮。金屈卮：酒器，或指形類金屈卮的花。南曲諸姬皆色沮，漸逸去。天明始罷酒。次日，各賦詩紀其事。

余詩所云『月中仙子花中王，第一姮娥第一香』者是也。姮娥：嫦娥，西漢時爲避漢文帝劉恒的諱而改稱嫦娥，又作常娥，是中國神話人物、后羿之妻。神話中因偷食后羿自西王母處所盜得的不死藥而奔月。民間多有其傳説以及詩詞歌賦流傳。微波綉之於帨巾不去手。武公益眷戀，欲置爲側室。會有貴陽蔡香君名如蘅，强有力，以三千金啖其父，奪以歸。眷戀：依戀，愛惜。清沈德潛《説詩晬語》卷上：『《離騷》者，《詩》之苗裔也……讀其詞，審其言，如赤子婉戀於父母側而不忍去。』蔡香君：蔡如蘅，字香君，貴陽人。舉人出身，官安廬兵備道。《明史》説他『貪戾，民不附，賊諜滿城中不能知』。娶王月爲妾。啖：利誘。清吴蘭修《黄竹子傳》：『以金啖張，竟挾入都。』武

公悒悒，悒悒：憂鬱，愁悶。《楚辭·天問》：『武發殺殷何所悒？載尸集戰何所急？』洪興祖補注：『悒，憂也，不安也。』遂娶葛嫩也。香君後爲安廬兵備道，兵備道：官名。明制於各省重要地方設整飭兵備的道員。洪熙年間始置，本爲遣布政司參政或按察副使至總兵處整理文書，參與機要之臨時性差遣。弘治年間始於各省軍事要衝遍置整飭兵備之『道員』，稱爲兵備道。掌監督軍事，并可直接參與作戰行動。此官由按察使或按察僉事充任，是分巡道的一種。又稱兵備副使、兵憲。攜月赴任，寵專房。崇禎十五年五月，大盜張獻忠破廬州府，知府鄭履祥死節，香君被擒。張獻忠（一六〇六～一六四七）：字秉忠，號敬軒，明末農民起義領袖，曾建立大西政權。與李自成齊名。廬州府：府治在今天安徽省合肥市。轄區大致相當於今日安徽省的合肥市及巢湖市部分地區。廬州府在明代屬於南直隸。死節：爲保全節操而死。《楚辭·九章·惜往日》：『或忠信而死節兮，或訑謾而不疑。』搜其家，得月，留營中，寵壓一寨。寵壓一寨：指頭領的妻子。偶以事忤獻忠，斷其頭，蒸置於盤，以享群賊。嗟乎！等死也，月不及嫩矣。悲夫！

王節，有姿色。先歸顧不盈，後歸王恒之。甘淡泊，怡然自得。淡泊：恬淡，不追名逐利。怡然自得：形容安適、愉快而滿足的樣子。怡然，愉快、喜悅的樣子。自得，自我滿足。雖爲姬侍，有荊釵裙布風。姬侍：貼身侍女或姬妾。荊釵裙布：荊枝爲釵，粗布爲裙。形容婦女裝束簡樸。妹滿，幼小，好戲弄，窈窕輕盈，作嬌娃之態。嬌娃：美麗的少女。保國公買置後房，保國公：即朱國弼。崇禎年間，總督京營。甲申後，赴南京，封保國公。與寇白門不合，復歸秦淮。

寇湄，字白門。錢虞山詩云：錢虞山：即錢謙益，詳見前注。『寇家姊妹總芳菲，十八年來花信違。花信違：指沒有花開的信息，這裏喻指寇家姊妹處境不佳。今日秦淮恐相值，防他紅泪一沾衣。』則寇家多佳麗，白門其一也。白門娟娟靜美，跌宕風流。娟娟：姿態柔美貌。清蒲松齡《聊齋志异·阿英》：『遇一二八女郎，姿致娟娟，顧之微笑，似將有言。』跌宕風流：瀟灑放逸而富有才華風情。能度曲，善畫蘭。粗知拈韵吟詩，然滑易不能竟學。拈韵：指韵律。滑易：浮而不實。十八九時，爲保國公購之，貯以金屋，如李掌武之謝秋娘也。金屋：華美之屋。李掌武：李德裕（七八七~八四九），字文饒，趙州（今河北趙縣）人，與其父李吉甫均爲晚唐名相。唐人稱太尉爲掌武，李德裕官太尉，故云。謝秋娘：李德裕寵愛的妓。甲申三月，甲申：這裏指崇禎十七年，公元一六四四年。京師陷，保國公生降，家口没入官。白門以千金予保國贖身，跳匹馬，短衣，從一婢南歸。歸爲女俠，築園亭，結賓客，日與文人騷客相往還，酒酣耳熱，或歌或哭，亦自嘆美人之遲暮，嗟紅豆之飄零也。匹馬短衣：短衣，短裝，古代爲平民、士兵等服裝。穿著短衣，騎一匹駿馬，形容英姿矯健的樣子。美人之遲暮：比喻人的晚年，暮年。原意是有作爲的人也將逐漸衰老。比喻因日趨衰落而感到悲傷怨恨。屈原《離騷》：『惟草木之零落兮，恐美人之遲暮。』

既從揚州某孝廉，不得志，復還金陵。老矣，猶日與諸少年伍。卧病時，召所歡韓生來，綢繆悲泣，欲留之偶

寢。綢繆：形容纏綿不解的男女戀情。清蒲松齡《聊齋志异·白於玉》：『既而衾枕之愛，極盡綢繆。』偶寢：同睡。宋孔平仲《續世説·巧藝》：『齊劉瑱妹爲鄱陽王妃，伉儷甚篤。王爲明帝所誅，妃追傷，遂成痼疾。有陳郡殷茜善畫。瑱令畫王形像，并圖王所寵姬共照鏡，狀如欲偶寢，以示妃。唾之，因罵云：「宜早死。」由此病愈。』韓生以他故辭，猶執手不忍別。至夜，聞韓生在婢房笑語，奮身起唤婢，自棰數十，咄咄罵韓生負心禽獸行，欲嚙其肉。自棰：親手鞭打婢女。棰，同『捶』，敲打。咄咄：感嘆聲。表示責備或驚詫。嚙：咬，啃。病逾劇，醫藥罔效，遂以死。虞山《金陵雜題》有云：『叢殘紅粉念君恩，女俠誰知寇白門？黄土蓋棺心未死，香丸一縷是芳魂。』

下卷

軼事

金陵都會之地，南曲靡麗之鄉。靡麗：奢華，奢靡。漢司馬相如《上林賦》：『時休息於此，恐後葉靡麗，遂往而不返。』紈茵浪子，蕭瑟詞人，往來游戲。馬如游龍，車相接也。其間風月樓臺，尊罍絲管，以及孌童狎客，尊罍：泛指酒器。宋周邦彥《紅羅襖・秋悲》詞：『念取東壚，尊罍雖近；采花南浦，蜂蝶須知。』孌童：被女性玩弄的美男。狎客：舊稱嫖客。唐韓偓《六言》詩之一：『春樓處子傾城，金陵狎客多情。』雜伎名優，獻媚爭妍，絡繹奔赴。垂楊影外，片玉壺中，秋笛頻吹，春鶯乍囀。囀：鳥鳴。雖宋廣平鐵石心腸，宋廣平：唐玄宗時的名相宋璟，耿介有大節，以剛正不阿著稱於世。因封廣平郡公，故名。不能不爲梅花作賦也。

一聲《何滿》，何滿：《何滿子》，唐玄宗開元年間，一個叫何滿的人，臨就刑時進此曲以贖死罪，後來就以何滿的人名爲此曲名。此曲塑造了歌妓淪落風塵的憔悴、悲苦形象，敘寫了她們在强顔歡笑中耗盡青春、耗盡生命的不幸身世，流露出作者對她們悲慘命運的深深關切和同情。人何以堪？歸見梨渦，梨渦：亦作『梨窩』，女子頰上的酒窩，也代指美女。宋羅大經《鶴林玉露》卷十二：『胡淡庵十年貶海外，北歸之日，飲於湘潭胡氏園，題詩云：「君恩許歸此一醉，傍有梨頰生微渦。」謂侍妓黎倩也。』誰能遣此！然而流連忘返，醉飽無時，卿卿雖愛卿卿，卿卿：夫妻間的愛稱。後來泛用爲對人親昵的稱呼。一誤豈容再誤。遂爾喪失平生之守，遂爾：於是乎。《魏書・劉芳傳》：『竊惟太常所司郊廟神祇，自有常限，無宜臨時斟酌以意，若遂爾妄營，則不免淫祀。』見斥禮法之士，豈非黑風之飄墮、碧海之迷津乎！余之綴葺斯編，綴葺：連綴，輯寫。雖以傳芳，實爲垂戒。王右軍云：王右軍：即王羲之。東晉書法家，有書聖之稱。字逸少，號淡齋，祖籍琅琊臨沂（今屬山東），後遷會稽（今浙江紹興），晚年隱居剡縣金庭。官至右軍將軍。『後之覽者，亦將有感於斯文也。』

瓜洲蕭伯梁，瓜洲：在今江蘇省揚州市邗江區。豪華任俠，傾財結客。好游狹斜，狹斜：小街曲巷。多指妓院。古樂府有《長安有狹斜行》，述少年冶游之事。後稱娼妓居處爲『狹斜』。南朝梁沈約《麗人賦》：『狹斜才女，銅街麗人。』久住曲中。投轄轟飲，俾晝作夜，多擁名姬，簪花擊鼓爲樂。投轄：《漢書・陳遵傳》：『遵嗜酒，每大飲，賓客滿堂，輒關門，取客車轄投井中，雖有急，終不得去。』轄，車軸兩端的鍵。後以『投轄』指殷勤留客。轟飲：狂飲，鬧酒。宋賀鑄《六州歌頭》詞：『轟飲酒壚，春色浮寒瓮。』俾：使。《詩經・邶風・緑衣》：『我思古人，俾無訧兮。』毛傳：『俾，使。』簪花：謂插花於冠。錢虞山詩所云『天公要斷烟花種，烟花：指妓女或藝妓。唐黄滔《閨怨》詩：『塞上無烟花，寧思妾顔色。』醉殺瓜洲蕭伯梁』者是也。

嘉興姚北若，用十二樓船於秦淮，招集四方應試知名之士百餘人，每船邀名妓四人侑酒。侑酒：勸酒；爲飲酒者助興。宋孔平仲《孔氏談苑・南朝峭漢》：『自來奉使北朝，禮遇之厚，無如王拱辰。預釣魚放鵲之會，皇帝親御琵琶以侑酒。』梨園一部，梨園：古代對戲曲班子的別稱。燈火笙歌，爲一時之盛事。先是，嘉興沈雨若費千金定花案，江南艷稱之。沈雨若：沈春澤，字雨若，常熟人。庠生。能詩，善草書，喜畫竹。定花案：即後世所謂的『花榜』，此風起於明朝嘉靖、隆慶間，至萬曆末年以後，大見盛行。賢者亦爲之，如『明末四公子』之一的方以智，也曾主持過花案。

曲中狎客，則有張卯官笛，張魁官簫，管五官管子，吴章甫弦索，錢仲文打十番鼓，丁繼之、張燕築、沈元甫、王公遠、朱維章串戲，柳敬亭説書。或集於二李家，以上所提及的張卯、張魁、管五、吴章甫、錢仲文、丁繼之、張燕築、沈元甫、王公遠、朱維章、柳敬亭，都是明末南京地區的著名藝人。他們有時教習曲中諸妓技藝，有時參與各種演出。二李：指李十娘與李大娘。或集於眉樓，每集必費百金。此亦銷金之窟也。

張卯尤滑稽婉膩，婉膩：婉約柔膩。善伺美人喜怒。一日，偶觸李大娘，觸：冒犯。大娘手碎其頭上鬃帽，擲之於地。卯徐徐拾起，徐徐：緩緩，慢慢。笑而戴之以去。

張魁，字修我，吴郡人。少美姿首，與徐公子有斷袖之好。徐公子：徐申，字文江，長洲（今江蘇蘇州）人。萬曆五年（一五七七）進士，官至通政使。斷袖之好：指男性之間的同性戀。據《漢書·佞幸傳》載，漢哀帝與董賢共寢，董賢壓住了皇帝的袖子，皇帝不忍驚醒他，斷袖而起。公子官南都府佐，南都府佐：應天府丞。魁來訪之。閽者拒，口出褻語，且詬厲。閽者：守門人。褻語：猥褻的言詞。詬厲：譏評，辱罵。《莊子·人間世》：『若無言，彼亦直寄焉，以爲不知己者詬厲也。』公子聞而撲之，然卒留之署中，歡好無間。無間：没有隔閡，關係極密。以此移家桃葉渡口，與舊院爲鄰。諸名妓家往來習熟。籠中鸚鵡見之，叫曰：『張魁官來！阿彌陀佛！』魁善吹簫、度曲。打馬投壺，往往勝其曹耦。打馬、投壺：打馬是打雙陸。投壺是古代士大夫宴飲時做的一種投擲游戲。春秋戰國時期，諸侯宴請賓客時的禮儀之一就是請客人射箭。那時，成年男子不會射箭被視爲恥辱，主人請客人射箭，客人是不能推辭的。後來，有的客人確實不會射箭，就用箭投酒壺代替。久而久之，投壺就代替了射箭，成爲宴飲時的一種游戲。曹耦：同『曹偶』，同輩。《史記·扁鵲倉公列傳》：『曹偶四人。』司馬貞索隱：『曹偶猶等輩也。』每晨朝，即到樓館，插瓶花，爇爐香，洗岕片，拂拭琴几，位置衣桁，爇：燒，焚燒。岕片：即岕茶。清孔尚任《桃花扇·哭主》：『叫左右泡開岕片，安下胡床。』位置：布置，安排，處置。衣桁：猶衣架，挂衣服的横木。明湯顯祖《牡丹亭·尋夢》：『侍香閨起早，睡意闌珊：衣桁前，妝閣畔，畫屏間。』不令主人知也。以此，僕婢皆感之，猫狗亦不厭焉。後魁面生白點風，白點風：即白癜風，皮膚病。因皮膚色素消失而引起。症狀爲皮膚上呈現大小不等的一片片白斑。一般不痛不癢，好發於面部和四肢。眉樓客戲榜於門曰：『革出花面蔑片一名張魁，不許復入。』魁慚恨，慚恨：羞愧忿恨。遍求奇方灑削，得芙蓉露，治除。良已，良已：指痊癒。《史記·孝武本紀》：『（武帝）遂幸甘泉，病良已。』裴駰集解引孟康曰：『良已，善已，謂愈也。』整衣帽，復至眉樓，曰：『花面定何如！』

亂後還吳。吳中新進少年，搔頭弄姿，持簫擫管，以柔曼悦人者，見魁則揶揄之，肆爲詆諆，以此重窮困。擫：用手指按壓。柔曼：謂姿容婉媚。《漢書·佞幸傳贊》：『柔曼之傾意，非獨女德，蓋亦有男德焉。』顔師古注：『曼，澤也，言其澤柔而色理光澤也。』揶揄：耍笑、嘲弄、戲弄、侮辱之意。詆諆：毁謗污衊。明黄淳耀《潘鱗長康濟譜序》：『士有談王霸之略者，率見詆諆，以爲迂怪。』龔宗伯奉使粵東，龔宗伯：龔鼎孳。其奉使粵東應在順治十三年至十四年間。憐而賑之，厚予之金，使往山中販岕茶，得息又厚，家稍稍豐矣。然魁性僻，嘗自言曰：『我大賤相，茶非惠泉水不可沾唇，飯非四糙冬舂米不可入口，夜非孫春陽家通宵椽燭不可開眼。』椽燭：如椽之燭。指大燭。宋蘇軾《武昌西山》詩：『豈知白首同夜直，卧看椽燭高花摧。』錢財到手輒盡，坐此不名一錢，不名一錢：没有一文錢，形容極其貧困。名，占有。《史記·佞幸列傳》：『長公主賜鄧通，吏輒隨没入之，一簪不得著身。於是長公主乃令假衣食。竟不得名一錢，寄死人家。』時人共非笑之，弗顧也。年過六十，以販茶、賣芙蓉露爲業。庚寅、辛卯之際，庚寅、辛卯：順治七年、八年，公元一六五〇、一六五一年。余游吳，寓周氏水閣。魁猶清晨來插瓶花、爇爐香、洗岕片、拂拭琴几、位置衣桁如曩時。曩時：往時，以前。漢賈誼《過秦論上》：『深謀遠慮，行軍用兵之道，非及曩時之士也。』酒酣燭跋時，燭跋：指快要點完的蠟燭。說青溪舊事，不覺流涕。丁酉再過金陵，丁酉：順治十四年，公元紀年爲一六五七年。歌臺舞榭，化爲瓦礫之場，猶於破板橋邊，一吹洞簫。矮屋中，一老姬啓户出曰：『此張魁官簫聲也。』啓户：開門。漢焦贛《易林·臨之姤》：『牙孽生齒，室堂啓户。幽人利貞，鼓翼起舞。』爲嗚咽久之。又數年，卒以窮死。

歲丙子，丙子：崇禎九年，公元一六三六年。金沙張公亮、吕霖生，鹽官陳則梁，漳浦劉漁仲，如皋冒辟疆盟於眉樓。張公亮：張明弼，字公亮，號琴張子，一作琴牧，江蘇金壇人。崇禎六年（一六三三）舉人，十年（一六三七）進士。官揭陽知縣，署杭州推官，升户部主事，不赴。吕霖生：吕兆龍，字霖生，江蘇金壇人。崇禎十三年（一六四〇）進士。官内閣中書。陳則梁：陳梁，字則梁，浙江海鹽人。劉漁仲：劉履丁，字漁仲，福建漳浦人。則梁作盟文甚奇，末云：『牲盟不如臂盟，牲盟：殺牲歃血以結盟。《禮記·曲禮下》：『莅牲曰盟。』孔穎達疏：『位，臨也。臨牲者盟所用也。盟者殺牲歃血誓於神也。』臂盟：割臂盟，指莊重的盟誓。《新唐書·李嗣業傳》：『與諸將割臂盟，曰：所過郡縣，秋毫不可犯。』臂盟不如神盟。』

中山公子徐青君，魏國介弟也。魏國：指魏國公徐文爵。徐達第十世孫。家貲鉅萬，性華侈，自奉甚豐，廣蓄姬妾。造園大功坊側，樹石亭臺，擬於平泉、金穀。家貲鉅萬：家産非常多。貲，通『資』，貨物，錢財。鉅，大，巨大。平泉、金穀：古代著名的私人園林。平泉是唐代宰相李德裕的別墅，金穀是晉石崇的別墅。二者都在洛陽。每當夏月，置宴河房，日選名妓四五人，邀賓侑酒。侑酒：勸酒，爲飲酒者助興。木瓜、佛手，堆積如山；茉莉、珠蘭，芳香似雪。珠蘭：珍珠蘭的省稱，即金粟蘭。以其蓓蕾如珠，故名。清錢謙益《長姑夫人》詩：『繞徑珠蘭衝雪放，編籬茉莉逆風香。』夜以繼日，恒酒酣歌。綸巾鶴氅，真神仙中人也。綸巾鶴氅：綸巾是古時頭巾名。幅巾的一種，以絲帶編成，一般爲青色。相傳爲三國時諸葛亮所創，又稱『諸葛巾』。後被視作儒將的裝束。鶴氅是鳥羽製成的裘，用作外套。南朝宋劉義慶《世説新語·企羡》：『孟昶未達時，家在京口，嘗見王恭乘高輿，被鶴氅裘。』弘光朝加中府都督，前驅班劍，呵導入朝，愈榮顯矣。弘光朝：福王朱由崧於崇禎十七年在南京建立朝廷，年號弘光，朱由崧被稱爲弘光帝。班劍：有紋飾的劍。或曰以虎皮飾之。班，通『斑』。漢制，朝服帶劍。晉易以木，謂之班劍，取裝飾燦爛之義。後用作儀仗，由武士佩持，天子以賜功臣。榮顯：榮華顯貴。漢蔡邕《釋誨》：『卑俯乎外戚之門，乞助乎近貴之譽，榮顯未副，從而顛踣。』乙酉鼎革，籍没田産，乙酉：順治二年，公元一六四五年。鼎革：《易經·

雜卦》：『革，去故也；鼎，取新也。』舊時多以『鼎新革故』指朝政變革或改朝换代。宋李格非《〈洛陽名園記〉序》：『配造物而相嫵媚，争妍競巧於鼎新革故之際。』籍没：即登記并没收其所有財産。遂無立錐；群姬雨散，一身孑然；雨散：比喻朋友離散。唐王維《酬諸公見過》詩：『登車上馬，倏忽雨散。』孑然：孑，單獨。孤孤單單一個人。宋周煇《清波雜志》：『歲月滋久，根深蒂結，生育男女，於義有不可負者，兼渠孑然一身，無所依傍，處性不能自立。』與傭、丐爲伍，乃爲人代杖。傭：受雇之人，傭工。代杖：替别人受刑杖。其居第易爲兵道衙門。居第：住宅。第，門第。

一日，與當刑人約定杖數，計償若干。受杖時，其數過倍。青君大呼曰：『我徐青君也。』兵憲林公駭問左右。林公：林天擎。順治四年（一六四七）官江寧知府，五年任分守江寧道。駭問：驚問。駭，驚駭，震驚。左右有哀王孫者，哀王孫：指可憐貴族子弟，語出《史記·淮陰侯列傳》：『（韓）信釣於城下，諸母漂。有一母見信饑，飯信，竟漂數十日。信喜，謂漂母曰：「吾必有以重報母。」母怒曰：「大丈夫不能自食，吾哀王孫而進食，豈望報乎！」』王孫，指王公貴族的子弟；哀，可憐。跪而對曰：『此魏國公公子徐青君也，窮苦爲人代杖。魏國公：即徐達（一三三二～一三八五）。明朝開國功臣。出身農家，少有大志，喜讀兵書，知《六韜》《三略》。元至正十三年（一三五三），參加農民起義軍郭子興部，隸朱元璋。從取滁州（今屬安徽）、和州（今和縣）等地，智勇兼備，戰功卓著，位於諸將之上。此堂乃其家廳，不覺傷心呼號耳。』林公憐而釋之，慰藉甚至。甚至：至極。達到極點。魯迅《書信集·致宋崇義》：『而維新者見世之守舊者，以爲此事實爲亂源，又贊揚甚至。』且曰：『君倘有非欽産可清還者，欽産：皇帝的或皇帝賞賜的産業。本道當爲查給，以終餘生。』青君頓首謝曰：『花園是某自造，非欽産也。』林公唯唯，厚贈遺之，查還其園，賣花石、貨柱礎以自活。唯唯：恭敬的應答聲。柱礎：古代建築構件一種，俗又稱磉盤，或柱礎石，它是承受屋柱壓力的墊基石，凡是木架結構的房屋，可謂柱柱皆有，缺一不可。古代人爲防止落地屋柱潮濕腐爛，在柱脚上添上一塊石墩，就使柱脚與地隔離，起到絶對的防潮作用；同時，又加强柱基的承壓力。吾觀《南史》所記，東昏宫妃賣蠟燭爲業。東昏：指南朝齊帝蕭寶卷。在位不足三年，凶暴嗜殺。後被部下殺害，謚號東昏侯。杜少陵詩云：杜少陵：杜甫（七一二～七七〇），字子美，自號少陵野老，祖籍襄州襄陽（今湖北襄陽）。盛唐時期偉大的現實主義詩人，代表作有『三吏』『三别』等。『問之不肯道名姓，但道困苦乞爲奴。』嗚呼，豈虛也哉！豈虛也哉！

同人社集松風閣，雪衣、眉生皆在。雪衣、眉生：指李十娘和顧媚。飲罷，聯騎入城。聯騎：并乘。南朝梁劉孝標《廣絶交論》：『出平原而聯騎，居里閈而鳴鐘。』紅妝翠袖，躍馬揚鞭，觀者塞途。太平景象，恍然心目。恍然：模糊不清，茫然。

丁繼之扮張驢兒娘，張燕築扮賓頭盧，朱維章扮武大郎，皆妙絶一世。丁繼之、張燕築、朱維章三人都是當時著名的藝人。丁、張二老并壽九十餘。錢虞山《題三老圖》詩末句云：錢虞山：錢謙益（一五八二～一六六四），字受之，號牧齋，晚號蒙叟、東澗老人，常熟人。學者稱虞山先生。清初詩壇的盟主之一。『秦淮烟月經游處，華表歸來白鶴知。』華表：古代設在橋梁、宫殿、城垣或陵墓等前兼作裝飾用的巨大柱子。設在陵墓前的又名『墓表』。一般爲石造。柱身往往雕有紋飾。不勝黄公酒壚之嘆。黄公酒壚：壚，酒肆放置酒罎的土臺子，借指酒店，酒館。比喻人見景物，而哀傷舊友，或作爲傷逝憶舊之辭。此典故出自南朝宋劉義慶的《世説新語·傷逝》。西晋時期，『竹林七賢』之一尚書令王戎乘車經過當時有名的黄公酒壚，這裏曾是他與嵇康、阮籍等人一起暢飲的地方，不禁感慨萬分，心中也十分悲傷，就對身旁的客人説：『嵇康夭折，阮籍亡故，我被俗務纏身，再也不能一起喝酒了。』

無錫鄒公履游平康，頭戴紅紗巾，身著紙衣，齒高跟屐，佯狂沉緬，揮斥千黄金不顧。屐：木製的鞋，底大多有二齒，以行泥地。後泛指鞋。佯狂：佯，假裝。假做癲狂。《史記・宋世家》：『箕子被髮佯狂而爲奴。』揮斥：揮霍。《明史・韓雍傳》：『疾惡嚴，坦中不爲崖岸，揮斥財帛不少惜。』初場畢，擊大司馬門鼓，送試卷。大司馬門：東晉與南朝建康宮的正南門叫大司馬門，又叫章門。這裏應當指的是南京貢院的龍門。大合樂於妓家，高聲自誦其文，妓皆稱快。或時闌入梨園。氍毹上爲『參軍鶻』也。闌入：擅自進入不應進去的地方。氍毹：舊時演劇用紅氍毹鋪地，因用以爲歌舞場、舞臺的代稱。清張岱《陶庵夢憶・劉暉吉女戲》：『十數人手携一燈，忽隱忽現，怪幻百出，匪夷所思，令唐明皇見之，亦必目睜口開，謂氍毹場中那得如許光怪耶！』參軍鶻：即參軍、蒼鶻，戲劇排場中進行滑稽詼諧表演的角色。

柳敬亭，泰州人。本姓曹，避仇流落江湖，休於樹下，乃姓柳。善説書，游於金陵，吴橋范司馬、桐城何相國引爲上客。吴橋范司馬：即范景文。詳見前注。桐城何相國：即何如寵（一五六九～一六四一），字康侯，安徽桐城人。萬曆二十六年（一五九八）進士，歷任禮部侍郎、户部尚書。致仕後居南京。上客：門客中地位最高的人。常往來南曲，與張燕築、沈公憲俱。張、沈以歌曲，敬亭以譚詞，酒酣以往，擊節悲吟，傾靡四座。擊節：打拍子。《晉書・樂志下》：『魏晉之世，有孫氏善歌舊曲，宋識善擊節唱和。』蓋優孟、東方曼倩之流也。優孟：春秋時期楚國宮廷藝人。以優伶爲業，名孟，故得名。荆州人。從小善辯，擅長表演，常談笑諷諫時事。東方曼倩：東方朔（前一五四～前九三），字曼倩，平原厭次（今山東惠民）人。武帝即位，徵四方士人，東方朔上書自薦，詔拜爲郎。後任常侍郎、太中大夫等職。他性格詼諧，言詞敏捷，滑稽多智，常在武帝前談笑取樂，『然時觀察顔色，直言切諫』。後入左寧南幕府，出入兵間。左寧南：即左良玉（一五九九～一六四五），字昆山，山東臨清人。驍勇善戰，足智多謀，明末官至總兵。甲申後，封寧南侯，鎮守武昌。寧南亡敗，又游松江馬提督軍中，鬱鬱不得志。松江馬提督：即馬進寶，字惟善。順治十二年（一六五五）至十八年（一六六一）任江南提督，駐松江。年已八十餘矣，間過余，僑寓宜睡軒中，猶説《秦叔寶見姑娘》也。間過余，僑寓宜睡軒中：時或來探望我，寄居在宜睡軒裏。

萊陽姜如須，姜如須：姜垓（一六一四～一六五三），明末詩人，字如須，號伫石山人，給事中姜埰之弟，山東萊陽人。與方以智同爲崇禎十三年（一六四〇）進士，授行人。去官後居蘇州，爲避阮大鋮加害，乃變姓名，走寧波。明亡，還吳中卒。游於李十娘家，漁於色，匿不出户。方密之、孫克咸并能屏風上行。漏下三刻，星河皎然，連袂間行，經過趙、李，垂簾閉户，夜人定矣。兩君一躍登屋，直至卧房，排闥拍張，勢如盜賊。漏下三刻：『漏』是古代計時之器，指報時漏斗裏的滴水。『下三刻』是指古代一個時辰分爲上、中、下三刻。連袂：猶連襟。排闥：推門，撞開門。闥，内門，小門；後泛指門，門户。如須下床跪稱：『大王乞命！毋傷十娘！』兩君擲刀大笑，曰：『三郎郎當！三郎郎當！』郎當：窩囊，不成器。復呼酒極飲，盡醉而散。極飲：痛飲，劇飲。北魏酈道元《水經注・江水三》：『江上有釣臺，權常極飲其上，曰墮臺，醉乃已。』蓋如須行三。郎當者，畏辭也。如須高才曠代，偶效樊川，略同謝傅，秋風團扇，寄興掃眉，非沉溺烟花之比。曠代：歷時長久。晋葛洪《抱朴子・時難》：『高勛之臣，曠代而一，有陷冰之徒，委積乎史册。』樊川：杜牧（八〇三～約八五二），唐代詩人。字牧之，號樊川居士，京兆萬年（今陝西西安）人，宰相杜佑之孫。謝傅：謝安（三二〇～三八五），東晋名士、宰相。字安石，浙江紹興人，祖籍陳郡陽夏（今河南省太康）。大名士謝尚從弟。卒贈太傅。聊記一條，以存流風餘韵云爾。

陳則梁，人奇文奇，舉體皆奇。嘗致書眉樓，勸其早脱風塵，速尋道伴，言詞激切。風塵：舊指娼妓生涯。《聊齋志异・鴉頭》：『妾委風塵，實非所願。』眉樓，即顧媚所居之地。激切：高亢凄切。眉生遂擇主而事。誠以驚弓之鳥，遽爲透網之鱗也。驚弓之鳥：被弓箭嚇怕了的鳥。比喻受過驚嚇，遇到一點動静就惶恐不安的人。也作『傷弓之鳥』。《戰國策・楚策四》：『黷武之衆易動，驚弓之鳥難安。』透網之鱗：形容突破樊籬和掙脱束縛的人。掃眉才子，慧業文人，時節因緣，不得不爲延津之合矣。掃眉才子：薛濤（七七〇～八三二），字洪度，唐朝長安人。薛濤以其出衆的才華和美貌，以及與當時文人騷客的詩書唱和、情意纏綿，成爲當時卓有成就的女詩人。以『管領春風總不如』的才華，橫掃唐朝詩壇上的文人騷客。後來人們就常用掃眉才子指有文才的女子。慧業文人：指有文學天才并與文字結爲業緣的人。《宋書・謝靈運傳》：『得道應須慧業文人，生天當在靈運前，成佛必在靈運後。』延津之合：指晉時龍泉、太阿兩劍在延津會合的故事。後比喻因緣會合。同『延津劍合』。

十七八女郎歌『楊柳岸，曉風殘月』，楊柳岸：出自柳永《雨霖鈴》，此調原爲唐教坊曲。相傳玄宗避安禄山亂入蜀，時霖雨連日，棧道中聽到鈴聲。爲悼念楊貴妃，便采作此曲，後柳永用爲詞調。又名《雨霖鈴慢》《雨淋鈴》。這首詞是他離開都城汴京（現河南開封）時寫的，抒發了跟情人別離時，難分難捨的感情。若在曲中，則處處有之，時時有之。予作《憶江南》詞有云：『江南好景本無多，衹在曉風殘月下。』思之衹益傷神，見之不堪回首矣。

沈公憲以串戲見長，同時推爲第一。串戲：演戲，特指非職業演員扮演戲曲角色。清李漁《比目魚・定優》：『我家老爺未中之先，極喜串戲，那詞曲裏面的事，一毫也瞞他不得的。』王式之中翰、王恒之水部，异曲同工。游戲三昧，江總持、柳耆卿依稀再見，非如吕敬遷、李仙鶴也。游戲三昧：佛教用語。游戲，指自在無礙；三昧，指『正定』，即不失定意。合起來即是指自在無礙，而常不失定意。禪指游化衆生，神通自在之禪心，無礙無縛之禪定。用游戲之心，放下一切名數束縛，超然自在地游化世間。江總持：江總（五一九～五九四），南朝陳名臣、文學家。字總持，祖籍濟陽考城（今河南蘭考）。出身高門，幼聰敏，有文才。年十八，爲宣惠武陵王府法曹參軍，後遷尚書殿中郎。所作詩篇深受梁武帝賞識，官至太常卿。柳耆卿：柳永（約九八七～約一〇五三），字耆卿，崇安（今福建武夷山）人。北宋詞人，婉約派最具代表性的人物之一。原名三變，字景莊。後改名永，字耆卿。排行第七，又稱柳七。宋仁宗朝進士，官至屯田員外郎，故世稱柳屯田。他自稱『奉旨填詞柳三變』，以畢生精力作詞，并以『白衣卿相』自許。依稀：含糊不清地，不明確地；隱隱約約，若有若無。南朝宋謝靈運《行田登海・盤嶼山》詩：『依稀采菱歌，仿佛含嚬容。』呂敬遷、李仙鶴：都是唐朝藝人。

樂户有妻有妾，防閑最嚴，謹守貞潔，不與人客交言。樂户：户籍的一種，樂工、倡優等歌舞藝人的户籍，與營户、雜户一樣，被認爲是賤民。防閑：防，堤也，用於制水；閑，圈欄也，用於制獸。引申爲防備和禁阻。人客欲强見之，一揖之外，翻身入簾也。亂後，有舊院大街顧三之妻李三娘者，流落江湖，遂爲名妓。忽爲匪類所持，暴繫吴郡獄中。匪類：行爲不端正的人。清孔尚任《桃花扇・草檄》：『寧可埋之浮塵，不可投諸匪類。』余與劉海門夢錫兄弟及姚翼侯、張鞠存極力拯之，致書司李李蠖庵，姚翼侯、張鞠存：姚翼侯即姚文燕。字翼侯，號小山，安徽桐城人。順治八年（一六五一）舉人，十八年（一六六一）進士。著有《春草園詩文集》。張鞠存即張新標。字鞠存，號淮山，山陽（今江蘇淮安）人。順治六年（一六四九）進士。司李：官名。李，通理，即司理，爲掌獄論之官。明代，府設推官，專理一府之刑名，俗稱司理。清初因循之，康熙六年廢。明黄道周《節寰袁公傳》：『凡公（袁可立）精神著於爲司李、御史時，即不躋臺輔，其精神亦有以自見。』李蠖庵：即李壯，字蠖庵，山東濟寧人，順治年間進士。康熙元年正月至二年五月間，任蘇州府推官。僅而得免。然亦如嚴幼芳、劉婆惜，備受棰楚決杖矣。嚴幼芳：嚴蕊，字幼芳，宋朝人，是當時色藝雙全的名妓。琴棋書畫無所不通，亦善詩詞。當時朱熹欲彈劾與嚴蕊有交往的唐仲友，對嚴蕊施以嚴刑拷打，逼其招供與唐有染。嚴蕊寧死不肯誣陷他人，幾欲身死牢中。後來岳霖上任，同情她的遭遇，令其陳詞自述。嚴蕊稍加思索即賦《卜算子》一首，其情哀怨動人，岳霖深爲震動，判其從良。劉婆惜：歌伎。樂人李四之妻。江右（江西省的别稱）人。頗通文墨，滑稽歌舞，迥出其流。先與撫州常推官之子三舍交好，爲其夫間阻，遂私奔。事覺，被杖決。棰楚：棰，木棍；楚，荆杖。

都是古代的刑具，引申爲杖刑。《漢書·路温舒傳》：『棰楚之下，何求而不可得？』

三娘長身玉色，倭墮如雲，量洪善飲，飲至百觥不醉。倭墮：古代婦女的髮髻名。古樂府《陌上桑》：『頭上倭墮髻，耳中明月珠。』觥：盛酒或飲酒的器具。古代用獸角製，後也用木或青銅製。腹橢圓形或方形，底爲圈足或四足。有流，有把手。蓋作成帶角的獸頭形或長鼻上捲的象頭形。也有整體作獸形的。時辛丑中秋之際，庭桂盛開，置酒高會。辛丑：順治十八年，公元一六六一年。黄蘭岩、方邵村及玉峰女士馮静容偕來。黄蘭岩：黄宣泰，字蘭岩，江蘇淮安人。順治年間進士。方邵村：方亨咸，字吉偶，號邵村，安徽桐城人。方拱干次子。順治四年（一六四七）進士。玉峰女士馮静容：蘇州、太倉一帶的名妓。居停主人金叔侃，盡傾家釀，分曹角勝，轟飲如雷，如項羽、章邯鉅鹿之戰，諸侯皆作壁上觀。居停：停下來休息的地方，也指寓所。這裏指會飲作東之家。分曹角勝：分對比出勝負。分曹，分對，猶兩兩。《楚辭·招魂》：『分曹并進，遒相迫些。』王逸注：『曹，偶。言分曹列偶，并進技巧。』角勝，較量勝負。三國魏曹植《與司馬仲達書》：『無有争雄於宇内，角勝於平原之志也。』項羽、章邯鉅鹿之戰：秦末農民大起義中，項羽率領五萬楚軍同秦將章邯、王離所率四十餘萬秦軍主力在鉅鹿（今河北平鄉）進行的一場重大決戰性戰役，也是中國歷史上著名的以少勝多的戰役。項羽軍破釜沉舟，一舉擊敗秦軍主力，使秦軍遭受巨創，進而確立了項羽在各路義軍中的領導地位。經此一戰，秦朝名存實亡。壁上觀：比喻諸人坐觀勝負而不幫助任何一方。《史記·項羽本紀》：『當是時，楚兵冠諸侯。諸侯軍救鉅鹿下者十餘壁，莫敢縱兵。及楚擊秦，諸將皆從壁上觀。』飲至天明，諸君皆大吐，静容亦吐，髻鬟委地，或横卧地上，衣履狼藉。髻鬟：環形髮髻。古時婦女髮式。將頭髮環曲束於頂。惟三娘醒，然猶不眠，倚桂樹也。蘭岩賈其餘勇，尚與翼侯喝拳，各盡三四大斗而别。賈其餘勇：指拼盡最後的力氣。喝拳：划拳。嗟乎！俯仰歲月之間，諸君皆埋骨青山，美人亦栖身黄土。河山邈矣，能不悲哉！俯仰：指瞬息之間，表示時間極短。王羲之《蘭亭集序》：『俯仰之間，已爲陳迹。』邈：渺茫，模糊不清。

吴興太守吴園次《吊董少君詩序》有云：吴園次：吴綺（一六一九～一六九四），清代詞人。字園次，一字豐南，號綺園，又號聽翁，江都（今江蘇揚州）人。太守是古官名，明清時用作知府的别稱。康熙五年（一六六六）至八年（一六六九）間，吴綺任湖州知府。『當時才子，競著黄衫；命世清流，爲牽紅綫。玉臺重下，温郎信是可人；温郎：温嶠（二八八～三二九），字泰真，一作太真，太原祁縣（今山西祁縣）人。東晋政治家。《世説新語·假譎》有温嶠以玉鏡臺爲定禮，娶從姑劉氏之女，而成就一段美滿姻緣的故事。元代劇作家關漢卿據此撰寫雜劇《温太真玉鏡臺》。金屋偕歸，汧國遂成佳婦。』汧國：即李娃，原名李亞仙，是唐代天寳年間京都長安的一位烟花女子，以重情仗義而被人們譽爲義妓。她抛弃繁榮，助其所愛，更能謹守婦道，嚴整治家，因而被朝廷封爲汧國夫人。一個出身卑賤的妓女竟能獲此殊榮，在當時引起了轟動。是時，錢虞山作于節度，劉漁仲爲古押衙，故云云爾。錢虞山作于節度，劉漁仲爲古押衙：指錢謙益、劉漁仲盡力爲董小宛脱籍，玉成其與冒辟疆的婚事。于節度，指于頔。唐元和二年，于頔任山南東道節度使，爲子季友求尚主。上以皇女普寧公主妻之。古押衙是唐人小説中的人物，以俠肝義膽而出名。故事見《劉無雙傳》。劉無雙因父事没入掖庭。古押衙受劉之表兄王仙客之托求得丹藥，使無雙舊婢采蘋假作中使持入園陵，謂無雙逆黨賜令自盡。古托以親故贖其尸歸仙客。三日後無雙復活。古爲絶追踪而自殺。後用以稱仗義捨生的義士。辟疆老矣，一覺揚州，豈其夢耶！

李貞麗者，李貞麗：字淡如。工書畫。著有《韵芳集》。李香之假母，有豪俠氣，嘗一夜博輸千金立盡。與陽羨陳定生善。陳定生：陳貞慧（一六〇四～一六五六），字定生，陽羨（今江蘇宜興）人。明末四公子之一，復社成員。香年十三，亦俠而慧。從吴人周如松受歌，《玉茗堂四夢》皆能妙其音節，尤工琵琶。玉茗堂四夢：又稱臨川四夢，是明代劇作家湯顯祖《牡丹亭》《紫釵記》《邯鄲記》《南柯記》四劇的合稱。前兩個是兒女風情戲，後兩個是社會風情劇。因『四劇』皆有夢境，故有『臨川四夢』之説。玉茗堂是湯顯祖的居室名。工：擅長，善於。《韓詩外傳》卷二：『昔者舜工於使人，造父工於使馬。』

與雪苑侯朝宗善。侯朝宗：即侯方域（一六一八～一六五五），明末清初文學家。字朝宗，號雪苑，商邱（今屬河南）人。明末諸生。祖父及父輩都是東林黨人，均因反對宦官專權而被黜。侯方域少年即有才名，參加復社，與東南名士交游，時人將他和方以智、冒辟疆、陳貞慧稱爲『四公子』。曾入史可法幕府於揚州。入清以後，於順治八年（一六五一），應河南鄉試爲副貢生。閹人兒某者，欲納交於朝宗，香力諫止，不與通。朝宗去後，有故開府田仰以重金邀致香。田仰：字百源，思南（今属贵州）人。萬曆四十年（一六一二）貴州鄉試第三名，萬曆四十二年（一六一四）登進士。初官山東汶上縣令，歷官吏部文選清吏司主事、浙江溫處道僉事、廣東參議、太僕寺卿，巡撫四川、洛陽等處總督漕運軍務，進御前侍衛內大臣，太子太保兵部尚書兼都察院右副都御使。香辭曰：『妾不敢負侯公子也。』不往。蓋前此閹兒恨朝宗，羅致欲殺之，羅致：用網捕捉鳥類。這裏指圍捕。朝宗逃而免；并欲殺定生也，定生大爲錦衣馮可宗所辱。馮可宗：山東益都人。甲申南渡後，任都督，掌錦衣衛事，是閹黨馬士英、阮大鋮的爪牙。

雲間才子夏靈首作《青樓篇》寄武塘錢漱廣。雲間才子：雲間，即雲間派，明末清初重要的詩詞流派。他們的詩歌創作蕩滌了當時流行的萎靡淺露之詩歌風氣。雲間派以陳子龍、夏完淳最爲杰出，二者的詩歌抒陳愛國抱負，慷慨悲壯。夏靈首：即夏完淳（一六三一～一六四七），原名復，字存古，號小隱、靈首（一作靈胥），乳名端哥，松江府華亭縣（現上海市松江）人，是明末雲間派的主要代表。末段云：『二十年來事已非，不開畫閣鎖芳菲。畫閣：彩繪華麗的樓閣。那堪兩院無人到，獨對三春有燕飛。風弦不動新歌扇，露井横飄舊舞衣。風弦：指風吹物體發聲。露井：没有覆蓋的井。花草朱門空後閣，琵琶青冢恨明妃。朱門：古代王侯貴族的住宅大門漆成紅色以示尊貴，後以『朱門』爲貴族邸第的代稱。琵琶青冢恨明妃：青冢，昭君墓，在內蒙古自治區呼和浩特市南郊。明妃，王昭君。漢元帝時被選入宮，竟寧元年（前三三），自請嫁匈奴呼韓邪單于。晋時爲避司馬昭的諱，改稱明君，也叫明妃。出自杜甫《咏懷古迹五首》之三：『一去紫臺連朔漠，獨留青冢嚮黄昏。』『千載琵琶作胡語，分明怨恨曲中論。』北地草皆白，惟獨昭君墓上草青，故名『青冢』。獨有青樓舊相識，蛾眉零落頭新白。蛾眉：蠶蛾觸鬚細長而彎曲，因以比喻女子美麗的眉毛。借指女子容貌的美麗。《楚辭·離騷》：『衆女嫉余之蛾眉兮，謠諑謂余以善淫。』夢斷何年行雨踪，情深一調留雲迹。院本傷心正德詞，樂府銷魂教坊籍。爲唱當時《烏夜啼》，烏夜啼：原爲唐代教坊曲，又名《相見歡》《秋夜月》《上西樓》。多是表達男女離別相思之苦。青衫泪滿江南客。』觀此，可以盡曲中之變矣。悲夫！

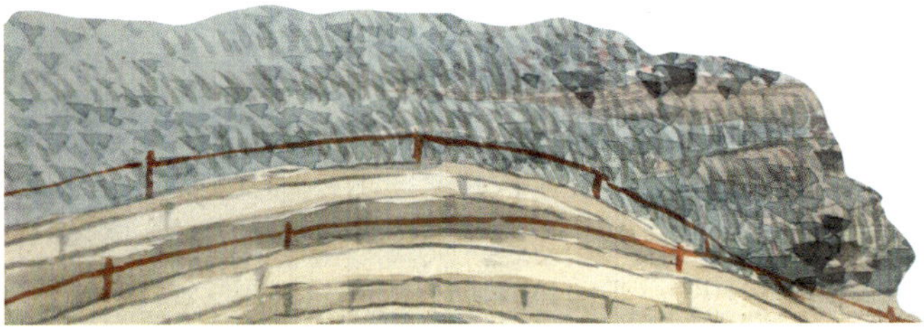

附録一

宋蕙湘，秦淮女也。兵燹流落，被擄入軍。兵燹：因戰亂而造成的焚燒破壞等灾害。燹，火，特指兵火、戰火。至河南衛輝府城，題絶句四首於壁間云：『風動江空羯鼓催，降旗飄颭鳳城開。羯鼓：一種樂器，據説來源於羯族。它兩面蒙皮，腰部細，用公羊皮做鼓皮，因此叫羯鼓。它發出的音主要是古時十二律中陽律第二律一度。古時，龜茲、高昌、疏勒、天竺等地的居民都使用羯鼓。降旗：表示投降的旗幟。唐李商隱《咏史》：『北湖南埭水漫漫，一片降旗百尺竿。』飄颭：指旗幟隨風飄揚。《東周列國志》第三十八回：『原伯貫抬頭一望，見山上飛龍赤旗飄颭。』將軍戰死君王繫，將軍戰死：指明靖國公黄得功戰死疆場。君王繫，指弘光皇帝朱由崧從南京逃至蕪湖，但被降清將領劉良佐擒回南京。薄命紅顔馬上來。』

『廣陌黄塵暗鬢鴉，北風吹面落鉛華。鬢鴉：形容鬢髮鬢黑如鴉色。鉛華：婦女化妝用的鉛粉。《文選·曹植〈洛神賦〉》：『芳澤無加，鉛華弗御。』李善注引張衡《定情賦》：『思在面爲鉛華兮，患離塵而無光。』可憐夜月《箜篌引》，幾度穹廬伴暮笳。』穹廬：古代游牧民族居住的氈帳。

『春花如綉柳如烟，良夜知心畫閣眠。良夜：深夜，長夜。今日相思渾似夢，算來可恨是蒼天。』

『盈盈十五破瓜初，破瓜：常被用來指女子『破身』。已作明妃別故廬。誰散千金同孟德，鑲黄旗下贖文姝？』

後跋云：『被難而來，野居露宿。即欲效章嘉故事，稍留翰墨，以告君子，不可得也。章嘉故事：指會稽女子在壁間題詩的故事。某女子出身書香，本爲江南閨秀，嫁到北方夫家後，竟受到婆婆虐待，心下不甘，不堪如此沒世。於是晚上趁人熟睡，便悄悄離家，題詩於壁，以引知音之同情。翰墨：指文辭或文章。曹丕《典論·論文》：『古之作者，寄身於瀚墨，見意於篇籍。』偶居邸舍，索筆漫題，以冀萬一之遇。邸舍：客店，客棧。唐沈既濟《枕中記》：『道士有呂翁者，得神仙術，行邯鄲道中，息邸舍。』漫題：信手書寫的文字。命薄如此，想亦不可得矣。秦淮難女宋蕙湘和血題於古汲縣前潞王城之東。』潞王城，潞藩府第也。

燕順，淮安妓女也，年十六，知義理。每厭薄青樓，厭薄：厭惡鄙視。宋蘇軾《論時政狀》：『士莫不悵恨者，以陛下有厭薄其徒之意也。』以爲不可一日居。甲申三月，鳳陽督師馬士英標下兵鼓噪而散，馬士英（約一五九一～一六四六）：字瑤草，貴州貴陽人。明末鳳陽總督，南明弘光朝內閣首輔。突至淮城西門外，馬、步五六百人，擄掠甚慘。妓女悉被擒，順獨堅執不從，兵以布縛之馬上。順舉身自奮，哭詈不止，兵竟刃之。哭詈：哭罵。詈，罵，責備。刃之：殺了她。刃，用刀劍殺、割。

又，山東郯城縣之李家莊，旗亭壁間題三絕句。郯城縣：在山東省最南端。早在商代，少昊氏後裔即於此建立炎國，至春秋時期演化爲郯國。旗亭：市場內標志性建築，市官的官舍。漢代稱市亭，也稱市樓，并以其上高懸旗幟爲標志而被稱爲旗亭。云：『不掃雙蛾問碧紗，雙蛾：指美女的兩眉。蛾，蛾眉。誰從馬上撥琵琶？驛亭空有歸家夢，驚破啼聲是夜笳。』『日日牛車道路賒，遍身塵土嚮天涯。不因薄命生多恨，青冢啼鵑怨漢家。』『驚傳縣吏點名頻，一一分明漢語真。漢語：講漢語，指傳驛中點名之縣吏乃漢人而降清者。世上無如男子好，看他髡髮也驕人。』髡髮：古代一種剔去頭髮的刑罰。這裏指漢人按清政府規定，依滿俗而剃髮。末書云：『吴中羈婦趙雪華題。』趙雪華：約活動於南明弘光至清順治前後。順治初，爲清兵擄掠至沐水旗，有題驛壁詩傳世。

凡此數者，皆群芳之萎道旁者也。

附録二

沈石田作《盒子會辭》。沈石田：沈周（一四二七～一五〇九），字啓南，號石田，自稱白石翁，長洲（今江蘇蘇州）人。爲明中期著名畫家，與文徵明等并列稱『文沈仇唐』明四家。其畫以水墨山水爲藝林絶品，細筆山水亦具渾淪氣勢，『細沈』尤爲人珍視。其人物、花鳥善用重墨淺色，饒有韵致。《盒子會辭》作於弘治二年（一四八九）。其序云：『南京舊院，有色藝俱優者，或二十、三十姓，結爲手帕姊妹。手帕姊妹：舊指妓女互相結拜爲姐妹。清孔尚任《桃花扇·訪翠》：『相公不知，這院中名妓，結爲手帕姊妹，就像香火兄弟一般，每遇時節，便做盛會。』每上元節，以春檠、巧具、殽核相賽，名「盒子會」。上元節：元宵節，每年農曆正月十五，又稱春燈節，是漢族民俗傳統節日。正月是農曆的元月，古人稱其爲『宵』，而十五日又是一年中第一個月圓之夜，所以稱正月十五爲元宵節。春檠：春燈。殽核：肉類和果類食品。晋左思《蜀都賦》：『金罍中坐，肴核四陳。』凡得奇品爲勝，輸者具酒酌勝者。中有所私，亦來挾金助會。厭厭夜飲，彌月而止。席間設燈張樂，各出其技能。賦此以識京城樂事也。』

辭云：『平康燈宵鬧如沸，燈火烘春笑聲內。盒奩來往鬥芳鄰，手帕綢繆通姊妹。盒奩：盛放菜肴果品的盒子。綢繆：情意殷切。東家西家百絡盛，裝殽飣核春滿檠。豹胎間挾鰉冰脆，烏欖分攙椰玉生。豹胎：豹的胎盤，爲珍貴的肴饌。鰉冰：鰉魚的軟骨。脆軟可食。烏欖：黑橄欖。不論多同較奇有，品裏輸無倒賠酒。呈絲逞竹會心歡，裒鈔裨金走情友。哄堂一月自春風，酒香人語百花中。一般桃李三千户，亦有愁人隔墻住。』

後跋

狹邪之游，君子所戒。然謝安石東山携妓，白香山眷戀温柔，一則稱『江左風流』，一則稱『廣大教化』。謝安石：謝安（三二〇～三八五），東晋名士、宰相。字安石，浙江紹興人。祖籍陳郡陽夏（今河南省太康）。大名士謝尚從弟，少以清談知名，初次做官僅月餘便辭職，之後隱居在會稽郡山陰縣東山的別墅裏。白香山：白居易（七七二～八四六），字樂天，晚年又號香山居士，河南新鄭（今鄭州新鄭）人。他是我國唐代偉大的現實主義詩人，在中國文學史上負有盛名且影響深遠。因偶適其性情，亦何害爲君子哉。害：妨礙。唐有處士李戡者，痛惡元、白詩，謂其纖艷不逞，淫言媟語，入人肌骨，不可除去。李戡：字定臣，幼年時成爲孤兒，十歲時就十分好學，寒冬時節，砍柴取暖。夜晚没有油燈，就默默背誦所學的東西。三十歲時，通曉《六經》，考中進士科，參加禮部考試，因官吏呼名纔能進殿試，李戡感到羞愧。第二天，徑直返回江東，隱居於陽羡鄉里。陽羡百姓有事争鬥無法裁决的，不去官府而到李戡住處來明辨是非。淫言媟語：淫穢猥褻的言詞。秀鐵面亦訶黄魯直作爲綺詩，當墮泥犁地獄。秀鐵面：法秀，北宋京城法雲寺僧。字圓通，俗姓辛，秦州隴城（今甘肅省天水市）人。受法於無爲義懷禪師，盡得心傳。冀國大長公主聞其名，再三邀聘，請住法雲寺。他性格嚴厲，道風峻潔。時人皆稱其爲『秀鐵面』。李公麟畫馬，黄庭堅作艷詞，皆受其當面指責。詩不多作，然皆精品。訶：大聲斥責，責駡。黄魯直：黄庭堅（一〇四五～一一〇五），字魯直，號山谷道人，晚號涪翁，又稱黄豫章，洪州分寧人。舉進士，調葉縣尉。熙寧初，教授北京國子監。蘇軾嘗見其詩文，以爲『超軼絶塵，獨立萬物之表，世久無此作』，由是聲名始振。綺詩：指描寫男女愛情的香艷詩。泥犁地獄：十八層地獄。泥犁是梵語，亦作『泥梨』『泥黎』，意譯爲地獄。余之編斯記也，將毋爲李處士所訴、秀鐵面所訶乎！然管仲相桓公，置女閭七百，徵其夜合之資以富國。

管仲相桓公：管仲（？～前六四五），名夷吾，謚曰『敬仲』，春秋時期潁上（今安徽潁上）人，史稱管子。春秋時期齊國著名的政治家、軍事家，周穆王的後代。管仲少時喪父，老母在堂，生活貧苦。爲維持生計，與鮑叔牙合伙經商；後從軍，到齊國，幾經曲折，經鮑叔牙力薦，當上了齊國上卿（即丞相），被稱爲『春秋第一相』，輔佐齊桓公成爲春秋時期的第一個霸主。

女閭七百：春秋時齊桓公設於宮中的淫樂場所。《戰國策·東周策》：『齊桓公宮中七市，女閭七百，國人非之。』鮑彪注：『閭，里中門也。爲門爲市於宮中，使女子居之。』清周亮工《書影》卷四：『女閭七百，齊桓徵夜合之資，以佐軍興，皆寡婦也。』後世以指稱妓院。

則始作者，

始作者：即始作俑者。古代殉葬用的木製或陶製的俑人。《孟子·梁惠王上》記載：孔子反對用俑殉葬，曾說：『始作俑者，其無後乎！』意思是最早發明用俑作殉葬的人，大概不會有後代。後用『始作俑者』來比喻惡劣先例的開創者。

其惟管仲乎！孟子之卑管、晏，

孟子之卑管、晏：見《孟子·公孫丑上》。

有以哉！有以哉！余甲申以前詩文，盡皆焚弃。中有贈答名妓篇語甚多，亦如前塵昔夢，不復記憶。但抽毫點注，我心寫兮，亦泗水潛夫記《武林舊事》之意也。

抽毫：抽筆出套。亦借指寫作。

泗水潛夫：周密（一二三二～一二九八），字公謹，號草窗，又號泗水潛夫，晚號弁陽老人，浙江吴興人。南宋詞人。《武林舊事》十卷，是宋亡後，周密追述當時宮觀之盛、湖山之美、君臣宴飲之樂，以感慨南宋統治之腐朽而導致政權覆亡。

知我罪我，余烏足以知之。

續板橋雜記

——珠泉居士

黎松門序

予初交孫二南莊，即耳珠泉名，今年夏，始得握手。温文博雅，亹亹風生。亹亹：詩文或談吐動人，有吸引力，使人不知疲倦。與之上下其議論，才既過人，而識尤足千古，益信名下無虛士，宜南莊嘗津津不置也。不置：不止。既出其《續板橋雜記》見示，時讀者僉以香艷賞之。僉：都，皆。夫掞天綉雲，掞天：光芒照天。南朝梁庾肩吾《侍宴宣猷堂應令》詩：『副君德將聖，陳王才掞天。』雕繪滿目，而塵羹土飯，奚當饑飽。予嘗謂世非乏才，由識眇也，梯崖縋淵，往往方軌古人。梯崖：攀登山崖。方軌：取法，比肩。竊得膍胲一臠，便自詡爲瓣香，究其所著述，非塵障理域，即清譚元麈，其於人心世道何裨焉？膍胲一臠：膍胲，牛胃與牛蹄，古代臘祭時的祭品。臠，用作數量詞，一塊。瓣香：師承。胡適《西游記考證》六：『盡登其詩入《山陽耆舊集》。擇其杰出者各體載一二首於此，以志瓣香之意云。』裨：益處，好處。珠泉日提不律，烟霞珠玉，供其指揮，遂使雅人韵事，曲曲盡致，而勸懲之意，隱寓諸筆墨之外。非才與識兼，惡能辨此！予曩讀《艷异編》而嘆其情見乎辭，曩：先前，之前。《艷异編》：傳奇小説集，明代王世貞撰。今傳四十卷本，分星、神、水神、龍神、仙、官掖、戚里、幽期、冥感、夢游、義俠、徂异、幻術、妓女、男寵、妖怪、鬼等十七門，收文三百六十一篇；《續艷异編》分神、龍神、仙、鴻象、宮掖、幽期、情感、妓女、義快、幻術、鱗介、器具、珍寶、禽、昆蟲、獸、鬼、徂异、定數、冥迹、冤報、草木等二十二門，收文一百六十三篇。今觀此記，要亦感於前人之吐花弄舌而有味乎？其言之，蓋所以警人者至矣，不誠邯鄲之粱肉哉？粱肉：指精美的飯食。質之南莊，當不河漢予言爾。乾隆庚戌仲春二日，洪都黎松門拜題。庚戌：指乾隆五十五年，公元一七九〇年。

青閣居士叙

青衫著作，祇宜命薄佳人；紅粉品題，偏重文魔秀士。若果薛箋聲價，足標艷美之編；何妨江筆平章，别撰群芳之譜。此吾友珠泉所由《續板橋雜記》也。原夫秣陵古郡，建業名都。秣陵：秦漢時期對南京的稱謂。建業：即南京。漢末三國鼎立之初，公元二二九年，孫權在武昌稱帝，九月即遷都於此，稱作建業，爲南京建都之始。秦鑿新渠，血吹脂沭；吴營舊壘，燕啄香泥。軟水温山，綺麗久沿往代；遺簪剩舄，遺簪剩舄：形容歡飲而不拘形迹。風流猶襲前朝。美既擅於彼姝，情自鍾於我輩。珠泉荃蘭竟體，松柏爲心。彈鋏丁年，遠入郄生之帳；撫弦雨夜，獨登荀令之床。劍氣初沉，琴心未寂。時則莫愁湖畔，少婦停梭；桃葉渡頭，侍兒飛扇。挈紫髯之狎客，北里尋春；背赤脚之奚奴，東墻待月。纖腰蘇小，争窺柳絮之簾；素面徐娘，閑伫梨花之院。君真好色，誰不爲容？無何鞭鐙斜陽，囊書蓬轉；帆檣暮雨，奩鏡萍飄。就中泣下誰多，今夜醉眠何處？桃花潭水，凄凉太白之詩；烟雨河橋，寂寞小紅之曲。何必落梅窗外，夢始斷於西樓？即此芳草堤邊，魂已銷於南浦。况乎蛾眉易老，駿骨焉求？駿骨：比喻賢才。南朝梁任昉《天監三年策秀才文》之二：『朕傾心駿骨，非懼真龍。』歸斯養者次之，屬沙咤者已矣。沙咤者：唐代蕃將沙咤利恃勢劫占韓翊美姬柳氏，後人因以『沙咤利』指霸占他人妻室或强娶民婦的權貴。若使海棠早謝，艷友名湮；不將沅芷先凋，騷人色減。遂乃重蒐黛緑，黛緑：青黑色，古時婦女畫眉用的顔料。比喻美女。如僉十二之釵；再校鉛黄，應秃三千之管。雖付之游戲，有似稗諧；而出以雅馴，居然花史。永秘魏王之枕，常熏韓椽之香。嗟乎！俠妓自豪，原知慕義；儒姬爾雅，定解憐才。縱令伴共諸郎，仍可采同列女。試嚮伶工水榭，伶工：舊指樂師或演員。演就傳奇；還從畫士山房，描成絕代。行見星軺驛舍，星軺：使者所乘的車。爭傳金屋之姿；雲幕旗亭，咸重玉臺之選。越州青閣居士拜題於竹西僧舍。

研香序

渡名桃葉，洵足勾留。洵足：確實值得。勾留：逗留，停留。里接長干，由來佳麗。風流東晉，騷人揮麈之場；曠達南朝，狎客分箋之地。歌樓舞榭，倡家俱白玉爲檣；月夕花晨，蕩子以明珠作楫。蕩子：浪蕩子。揚畫簾於水畔，婉度輕歌；啓綉户於花前，綉户：雕繪華美的門户。多指婦女居室。漫呼小字。芙蓉屏裏，無非緑酒銀燈；玳瑁筵中，玳瑁筵：謂豪華、珍貴的宴席。盡是紫簫紅笛。所以入青溪之曲，過客魂銷；問長板之橋，羈人心醉者也。獨是偎紅倚翠，偎紅倚翠：指親狎女色，狎妓。不乏綺人；刻燭分題，罕逢佳士。聽鷄聲之斷愛，溝水東西；傷馬足以無情，浮雲南北。嗟爾紈袴，徒揮買笑千金；紈袴：亦作「紈絝」「紈褲」。原意是細絹縫製的褲子，爲古代貴族子弟所服。後因以借指富貴人家子弟。咄彼綺羅，未得解人一目。縱或寄情雜咏，注意閑吟，要皆風雲月露之敷詞，無復俊逸清新之雅韵。

我友珠泉先生，鵬未摶雲，豹還隱霧。王仲宣才華第一，依人在紅蓮緑水之間；庾景行品概無雙，寄興於檀板金樽之側。王仲宣：王粲（一七七～二一七），字仲宣，山陽高平人。三國時曹魏名臣，也是著名文學家。王粲幼時往見左中郎將蔡邕，蔡邕見而奇之，倒屣以相迎。王粲强記默識，善算術行文：一次與友人共行，讀道邊石碑，觀一遍而背誦之，不失一字。又曾觀人下圍棋，棋局亂，王粲復爲重置，不誤一道。後到荆州依附劉表，劉表以其爲上賓。劉表死後，王粲勸劉表次子劉琮歸降於曹操。曹操至荆州，賜爵王粲關内侯。庾景行：庾杲之，字景行，新野人。官南齊尚書駕部郎。庾杲之家貧，食唯有韭（菹）、抃韭、生韭雜菜，有人開玩笑説：『誰謂庾郎貧，食鮭常有二十七種。』三九二十七，三韭的諧音。皖江留頓，道出温柔，白下栖遲，人逢綺麗。瀟瀟暮雨，吴娘曲裏新聲；皎皎中天，揚子江頭明月。緣賦情之特甚，致所遇之多奇。昔夢猶存，其人宛在。然而烏栖月下，已換樓臺；燕到春餘，半迷門巷。重來漁父，垂髫黄髮之全非；垂髫：亦作「垂齠」，指兒童或童年。髫，兒童垂下的頭髮。前度劉郎，紫陌紅塵之小异。卿同斷梗，儂是飄蓬。江淹之别恨依依，衛玠之愁腸脉脉，雪泥鴻爪，李師師兹在誰家；江淹（四四四~五〇五）：字文通，濟陽考城（今河南民權）人。南朝辭賦大家，《恨賦》《别賦》均爲傳世之作。衛玠：字叔寶，西晋名士。雪泥鴻爪：雪泥指融化著雪水的泥土，鴻爪指大雁在雪泥上踏過留下的爪印。比喻往事遺留的痕迹。鬢影蟬釵，關盼盼今歸别院。花迎舊路，撫今昔以神傷；鳥變新音，對湖山而心搗。因而譜花叢之爛漫，字字皆春；志柳絮之飄飖，行行似玉。緣歡寓恨，婉而多風，即色成空，華不爲靡。編同玉茗，發函皆艷异之人；記續曼翁，載筆并後先之美。君非達者，玉釵金粉之遐思；僕本恨人，榴帳薇裙之前夢。覽新編而惆悵，觸往事於依稀。依稀：含糊不清地，不明確地；隱

隱約約，若有若無。南朝宋謝靈運《行田登海・盤嶼山》詩：『依稀采菱歌，仿佛含嚬容。』雌霓吟文，雌霓：宋王楙《野客叢書・雌霓》：『沈約製《郊居賦》，其間曰：「駕雌霓之連蜷，泛大江之悠永。」出示王筠。筠讀雌霓爲雌鶃。約喜謂曰：「霓字惟恐人讀作平聲。」司馬温公謂非霓字不可讀爲平聲也，蓋約賦協側聲故爾。』後因以『雌霓』爲創作時精研聲律之典。佩服太沖之著；烏焉成字，效顰元宴之談云爾。閼逢執徐圉涂月朔，青溪研香拜撰。閼逢：亦作『閼蓬』。天干中『甲』的別稱，用以紀年。執徐：古時以干支紀年，歲在辰爲執徐。圉：月陽名之一。古代夏曆以十干紀月，天干所紀諸月各有專名，月在丁曰圉。涂：農曆十二月的別稱。《爾雅・釋天》：『十二月爲涂。』

默堂主人弁言

非遍覽山川形勢之勝，不足以宕心胸；非遍歷美人歌舞之場，不足以言風雅。吾友珠泉挾不世才，喜遨游，袖中詩卷，襟上酒痕，隨處有焉。每當秋風白下，夜雨揚州，偶有所見，寄情而不膩於情。雖珠鮮玉脆，一顧猶憐，而流水行雲，過焉輒化。非所謂入乎其中而超乎其外者歟？昔東坡與琴操湖上參禪，東坡與琴操：琴操，宋朝錢塘歌妓，姓氏不詳。十三歲時被抄家，做官的父親被打入大牢，自己被籍沒爲伎。『琴操』二字原出自蔡邕所撰的《琴操》一書，以琴操爲名，可見琴操的才氣也絕非一般。她的軼事甚多，包括與蘇東坡交往的種種趣聞。參禪：佛教指静坐冥想，領悟佛理。戲相答問，琴遂感而削髮。由此觀之，則斯記也，即從黑海驚波，喚醒青樓幻夢矣。如曰倚翠偎紅，風流絕世，評花謔柳，歌咏宜人，猶淺之乎測珠泉也。歲在屠維作噩陽月上浣，海陵默堂主人拜題。屠維：天干中『己』的別稱，用以紀年。作噩：十二支中『酉』的別稱，用以紀年。陽月：農曆十月的別稱。上浣：即上旬。每月初一至初十。

緣起

余曩時讀曼翁《板橋雜記》，留連神往，惜不獲睹前輩風流。迨聞丙申以來，繁華似昔，則夢想白門柳色，又歷有年所矣。庚子夏五，樅陽觀察招赴金陵，曾於公餘遍覽秦淮之勝。旋以居停罷官，束裝歸里，計爲平安杜書記者，無多日也。辛丑春重來白下，閑居三月，時與二三知己，選勝徵歌，興復不淺。嗣余就聘崇川，嗣：過後，不久。三年羈迹，青溪一曲，邈若山河。今秋於役省垣，僑居王氏水閣者十日，赤欄橋畔，回首舊歡，無復存者，惟雲陽校書，猶共晨夕。因思當日，不乏素心，素心：純潔的心地。曾幾何時，風流雲散。安知目前之依依聚首者，不一二年間，行又蓬飄梗泛乎？蓬飄梗泛：斷梗、浮萍在水中漂浮。比喻漂泊流離。爰於回棹餘閑，撫今追昔，續成是記，亦類分雅游、麗品、軼事三卷。非敢效顰曼翁，效顰：效，仿效；顰，皺眉頭。即東施效顰，比喻胡亂模仿。這裏借指模仿。聊使師師、簡簡之名，得偕江水以俱長爾。至於聞見無多，記敘譾陋，續貂之病，閱者原之。譾陋：淺陋。續貂：比喻拿不好的東西接到好的東西後面，多用於謙稱續寫別人的著作。

時甲辰中秋望後二日，茗南珠泉居士書於雉皋舟次。

卷上

雅游

秦淮古佳麗地，自六朝以來，青溪、笛步間，類多韵事。笛步：地名。又名邀笛步。在南京市青溪橋右，爲教坊所在地。相傳東晋書法家王徽之曾在此邀桓伊吹笛，故名。亦泛指歌妓的處所。清吴偉業《題冒辟疆名姬董白小像》詩序：『夫笛步麗人，出賣珠之女弟；雉皋公子，類側帽之參軍。』洎乎前明，洎乎：等到，待及。輕烟淡粉，燈火樓臺，號稱極盛。迨申、酉之交，一片歡場，化爲瓦礫。每覽《板橋前記》，美人黄土，名士青山，良可慨已！乃承平既久，風月撩人，十數年來，裙屐笙歌，依然繁艷。詎江左流風，於今未艾；詎：連詞。相當於『抑或』。表示選擇。抑山温水軟，良由地氣使然歟？

前明河房，爲文人燕游之所。妓家則鱗次舊院，在鈔庫街南，與貢院隔河遥對。今自利涉橋至武定橋，兩岸河房，麗姝櫛比。櫛比：像梳子齒那樣密密的排著。俗稱本地者曰本帮，來自姑蘇者曰蘇帮，來自維揚者曰揚帮。雖其中妍媸各别，而芬芳羅綺，嘹亮笙歌，皆足使裙屐少年迷魂蕩志也。妍媸：同『妍蚩』，美好和醜陋。裙屐少年：裙，下裳；屐，木鞋。裙屐是六朝貴族子弟的衣著。泛指大家子弟。

自利涉橋以東，爲釣魚巷。迤邐至水關，迤邐：延續。臨河一帶，亦麗者所居，地稍静僻。每有名姬，心厭塵市，擇此居之。然自夏初水長以迄秋中，游艇往來，亦復絡繹不絶。

由文德橋而西，爲武定橋。迤西至新橋，亦有河樓。地處西偏，游踪暫至，故卜居者少。游踪：指出游的行踪。卜居：選擇居處。至白塔巷、王府塘諸處，室宇湫隘，類皆卑屑所居，不敢與水榭相頡頏。湫隘：低窪狹小。卑屑：指醜陋輕賤的妓女。頡頏：相抗衡。聞亦間有麗人，余則未之見也。

貢院與學宮毗連，院墻外爲街，街以南皆河房。貢院：是古代會試的考場，即開科取士的地方。學宮：南京學宮位於秦淮風光帶、大成殿後街北，原有『東南第一學』門坊，包括明德堂、尊經閣、青雲樓、崇聖祠等古建築。明德堂是學宮的主體建築，科舉時代秀才每月逢朔望都到這裏聽訓導宣講。毗連：相連接。每值賓興之歲，賓興之歲：生意興隆的年頭。多士雲集。豪華者挾重貲、擇麗姝僑寓焉。寒素之士，寒素之士：指家世普通的士人。時亦挈伴閑游，尋蓮訪藕。好風引夢，仙路迷人。求其獨清獨醒，殆什無二三也。什無二三：十個之中不到兩三個。

秦淮河鑿自祖龍，水由方山來，西流沿石城達於江。秦淮河：古稱淮水。相傳秦始皇東巡時，望金陵上空紫氣升騰，以爲王氣，於是鑿方山、斷長壠爲瀆，入於江，後人誤認爲此水是秦時所開，所以稱爲『秦淮』。爲南京第一大河，秦淮河分内河和外河，内河在南京城中，是十里秦淮最繁華之地。祖龍：指秦始皇。《史記・秦始皇本紀》：三十六年『秋，使者從關東夜過華陰平舒道，有人持璧遮使者曰：「爲吾遺滈池君。」因言曰：「今年祖龍死。」』裴駰集解引蘇林曰：『祖，始也；龍，人君象；謂始皇也。』當春夏之交，潮汐盛至，十里盈盈，足恣游賞。恣：放縱，肆意。迨秋季水落，迨：等到。舟楫不通。故泛舟者始於初夏，訖於仲秋。當夫序届天中，日逢竹醉，竹醉：竹醉日。指農曆五月十三日，是傳統的民俗節。相傳這天竹醉，種竹易活，所以成了栽竹之日。宋范致明《岳陽風土記》：『五月十三日謂之龍生日，可種竹，《齊民要術》所謂竹醉日也。』（五月十三日傾城出游，較端午尤盛。）游船數百，震蕩波心。清曲南詞，十番鑼鼓，騰騰如沸，各奏爾能。薄暮須臾，燭龍炫耀，簾幕畢鈎，倩妝倚欄，聲光繚亂。雖無昔日燈船之盛，而良辰美景，樂事賞心，洵升平氣象也。薄暮須臾：傍晚時分。薄暮，傍晚，太陽快落山的時候。須臾，片刻，這裏代指時分、時候。倩妝：美麗的打扮。唐吴融《遺俗尼》詩：『柳眉梅額倩妝新，笑脱袈裟得舊身。』洵：誠然，實在。

秦淮河船，上用篷廠，懸以角燈，下設迴欄，中施几榻。盤盂尊罍，色色皆精。盤盂尊罍：果盤酒杯。盤盂，亦作『盤杅』，圓盤與方盂的并稱，用於盛物。尊罍，泛指酒器。船左右不設窗寮以便眺望。窗寮：窗裏面的窗。亦泛指窗。每當放船落日，雙槳平分，撲鼻風荷，沁心雪藕，聆清歌之一曲，望彼美兮盈盈。真乃縹緲欲仙，塵襟胥滌矣。塵襟：世俗的煩惱。元王德信《集賢賓・退隱》套曲：『自焚香下簾清坐久，閑把那絲桐一奏，滌塵襟消盡了古今愁。』胥滌：全都洗除。胥，皆，都。

青溪一曲，銷夏最宜，而游目騁懷，春秋亦多佳日。銷夏：消夏。解暑，避暑。清錢泳《履園叢話・精怪・鰲精》：『吴門俗例，新嫁娘每過端陽節，輒歸寧銷夏。』游目騁懷：游目，目光由近到遠，隨意觀覽瞻望；騁懷，盡情開放胸懷。隨意觀賞景物，盡情舒展胸懷。晋王羲之《蘭亭集序》：『仰觀宇宙之大，俯察品類之盛，所以游目騁懷，足以極視聽之娱，信可樂也。』至於冬令，朔風如刀，招招者絶迹矣。冬令：冬季。朔風：北風。這裏指冬天的風。然促坐圍爐，淺斟低唱，作消寒會，正不減羅浮夢中。羅浮夢：唐人柳宗元《龍城録》載：隋人趙師雄游廣東羅浮山，傍晚在林中小酒店旁遇一美人，遂到店中飲酒交談。趙師雄喝醉睡着了，在東方發白時醒來，發現睡在一梅花樹下。『羅浮夢』比喻好景不常，人生如夢。後也用『羅浮』『羅浮美人』『羅浮夢』等代指梅花。

茶寮酒肆，茶寮：茶館。清孔尚任《桃花扇・訪翠》：『一帶板橋長。閑指點、茶寮酒舫。』東則桃葉渡口，西至武定橋頭，張幕挑簾，食物具備。而諸名姬又家有厨娘，水陸珍奇，充盈庖室，倉猝客來，咄嗟立辦。庖室：厨房。咄嗟立辦：咄嗟指一呼一諾之間，形容時間短。比喻馬上就辦到。南朝宋劉義慶《世説新語・汰侈》：『石崇爲客作豆粥，咄嗟便辦。』燕飲之便，莫過於斯。燕飲：聚會在一起吃飯喝酒。燕，通『宴』。《詩經・大雅・鳧鷖》：『公尸燕飲，福禄來成。』

院中雖各分門户，而去此適彼，轉徙無常，是以姊妹行亦隨時更易。去此適彼：去這家到那家。適，去，往。轉徙無常：轉移遷徙没有規律。指行踪不定。是以：因此，因爲這些原因。間有親生子女，一門團聚者，大概土著居多。土著：亦作『土箸』。世代定居一地。《漢書·西域傳上》：『西域諸國，大率土著。』顔師古注：『言著土地而有常居，不隨畜牧移徙也。』若乃買雛教歌，認爲己女，高其聲價，待客梳櫳，買雛：買來小丫頭。梳櫳：同『梳攏』。舊指妓女第一次接客伴宿。妓院中處女衹梳辮，接客後梳髻，稱『梳攏』。還有一説認爲，如果哪位客人鍾情於一個妓女，衹要出資舉辦一個隆重的儀式，再給妓院一筆重金，這個妓女就可以專門爲這一位客人服務了，這套手續稱爲『梳攏』。梳攏所需資金，因梳攏對象名位高低而不同。愛俏者其名，愛鈔者其實。嘗有一女而上頭數次者。傖父大賈，無難欺以其方，使彼慳囊頓破也。慳囊：即『撲滿』，是古時以泥燒製而成的貯錢罐。這裏泛指裝錢的口袋。

河亭設宴，嚮止小童歌唱，佐以弦索笙簫。年來教習女優，凡十歲以上，十五以下，聲容并美者，派以生旦，生旦：這裏泛指各種角色。各擅所長，妝束登場，神移四座，纏頭之費，十倍梨園。纏頭：古代歌舞藝人表演完畢，客以羅錦爲贈，稱『纏頭』。後來又作爲贈送妓女財物的通稱。至於名妓仙娃，亦各嫻法曲，非知音密席，不肯輕囀歌喉。嫻：熟習。法曲：是歌舞大曲中的一部分，也是隋唐宫廷燕樂中的一種重要形式。又名法樂，始見於東晋《法顯傳》，因用於佛教法會而得名，至隋稱爲法曲。這裏泛指拿手好戲。密席：座位緊靠。形容來的客人很多。囀：發聲，歌唱。若《寄生草》《剪靛花》淫靡之音，乃倚門獻笑者歌之，名姬不屑也。寄生草：民間曲調名。五十八字或四十八字，可加襯字，平仄韵通押。流行於元、明、清三代。剪靛花：民間曲調名，清乾隆年間流行。淫靡之音：柔弱，萎靡不振。

日初過午，賣花聲便盈街市，茉莉珠蘭，提籃挈榼，挈榼：拿著花籃。不异曼翁前記所云。近更綴以銅絲，幻成魚籃飛鳥，可以懸諸帳中。比及昏黃，比及：等到，接近。則雪花齊放矣。酒醒夢回，芳馨橫溢，和以氣肌薌澤，薌澤：香氣。薌，通「香」。清沈起鳳《諧鐸・蜣螂賦》：「何頓薌澤若是，真化臭腐爲神奇矣。」如游衆香國中。

院中衣裳妝束，以蘇爲式，而彩裾廣袖，兼效維揚。維揚：揚州的別稱。《尚書・禹貢》：「淮海惟揚州。」惟，通「維」。後因截取二字以爲名。惟睡鞋用之者少。睡鞋：舊時婦女睡眠時穿的軟幫軟底的鞋子。清湯春生《夏閏晚景瑣記》：「覆遮鴛鴦綉履，見三寸軟底睡鞋。」余見河房諸姬，咸以素帛製爲小襪，似膝褲而有底，上以錦帶繫之，能使雙纏不露，且竟夕不鬆脱也。膝褲：古時褲的兩筒各自分開，不連成一體的，稱爲「膝褲」或「套褲」，亦稱「襪」。雙纏：指女子的一雙小脚。宋蘇軾《浣溪沙・席上贈楚守田待問小鬟》詞：「霜庭按舞月娟娟，曲終紅袖落雙纏。」竟夕：整晚上。其履地用方頭鞋，如童子履而無後跟，即古靸鞋遺制。靸鞋：無跟之鞋，即拖鞋。燈影下曳之以行，亦復彳亍有致。彳亍：慢步行走。形容小步慢走或時走時停。至於抹胸，抹胸：亦稱「襪胸」「襴裙」「合歡襴裙」「訶子」等。古代婦女的胸衣，自後向前圍束，下面有綫，可以同時圍繫裙腰。清代又稱肚兜。俗稱肚兜，夏紗冬縐，貯以麝屑，緣以錦縑，乍解羅襟，便聞香澤，雪膚絳襪，交映有情，此尤服之妖者。

卷中

麗品

秦淮名姝，首推二湯。姝：美女。二湯者，本郡人，以九、十行稱，孿生姊妹也。態度則楊柳晚風，容華若芙蕖曉日。態度：脾氣，性子。芙蕖：亦作『芙渠』。荷花的別名。并翠眉而玉頰，各盧瞳而頳唇。盧瞳：黑眼珠。南朝梁江淹《麗色賦》：『夫絕世獨立者，信東方之佳人，既翠眉而瑤質，亦盧瞳而頳唇。』頳唇：紅色的嘴唇。乍見者如一對璧人，無分伯仲。伯仲：指不相上下的事物。注目凝睇，覺九姬靨輔微圓，靨輔：頰邊微窩，俗稱酒窩。《文選·曹植〈洛神賦〉》：『明眸善睞，靨輔承權。』劉良注：『言靨文之生輔承其頰。』左手背有黑痣一小點，可識別也。早墮風塵，從良未遂，闔户數十指，惟賴二姬作生涯，闔户：這裏代指整家子人。生涯：猶生計。唐沈佺期《餞高唐州詢》詩：『生涯在王事，客鬢各蹉跎。』雖車馬盈門，不乏貴游投贈，而纏頭到手輒盡。居新橋之牛市，臨流數椽，數椽：指房屋的間數。椽，這裏用於數量詞。湫隘已甚。

余曾於辛丑夏初邂逅一晤，今秋往訪，適爲勢家招去侑觴，不復謀面。邂逅：指偶然的、不期而遇。晤：即見面。適：恰巧，剛巧。勢家：指有權勢的人家。侑觴：指勸酒，爲飲酒助興。復：再。聞之桐城孫楚儂云：桐城：地名，位於今安徽省中部偏西南，長江北岸，大別山東麓。『二姬窮愁日甚，雖年纔二紀，二紀：二十四年，這裏約指二十多歲。而消瘦容光，較初破瓜時，已十減六七矣。然三分丰韵，尚堪領袖秦淮也。』領袖：比喻同類人或物中較爲突出的。嗟乎！人美如玉，命薄於雲，如二姬者，殆以奇姿遭造物之妒歟？殆：大概。楚儂又語余云：語：告訴。『桐邑楊米人，曾爲二姬作《雙珠記》傳奇，情文并茂。』桐邑楊米人：楊瑛昶，字米人，安徽桐城人。著有《衍波亭詩詞全集》《中隱軒詩話》《東野鄙談》《悔軒雜俎》等。情文并茂：形容文章的思想感情和文字都很美。惜尚秘之枕函，余未得而讀之。枕函：指中間可以藏物的枕頭。

朱大，蘇州人，身體弱小，人戲以『朱骨』稱之。蓋細骨輕軀，踐塵無迹，倘舞迴風，當挽留仙之裾也。鬒髮如雲，明眸似水，驟與之遇，神光陸離。陸離：色彩繁雜絢麗。在儕輩中齒稍長矣，而風度高雅，無折腰齲齒習氣，故文士樂與之游。儕輩：同輩，朋輩。齒：人的年齡。折腰齲齒：折腰步，走路時擺動腰肢，扭捏作態。齲齒笑，笑的時候好似犯牙痛，不快樂。隨園主人，過江耆宿也。隨園主人：袁枚（一七一六～一七九七），字子才，號簡齋，又號隨園主人，浙江錢塘（今浙江杭州市）人。清代詩人、詩論家。乾隆四年（一七三九）進士，授翰林院庶吉士。曾任溧水、江浦、江寧等地知縣，有政聲。乾隆十三年（一七四八）辭官後定居江寧（今南京），在小倉山下購築『隨園』，自號隨園老人，從此不再出仕，優游其中近五十年，從事詩文著述，廣交四方文士。晚年自號倉山居士，著有《小倉山房文集》。耆宿：年高有德者之稱。遂初既賦，寄興掃眉，遂初：早先，以前。漢蔡邕《協和婚賦》：『考遂初之原本，覽陰陽之綱紀。』掃眉：掃眉才子，舊時對有文才的女子的代稱。『掃眉』即畫眉毛，指女子。加『才子』二字，意爲女才子。雅與姬善，蒼髯紅粉，嘗相對於銀燈緑酒之間。余於庚、辛兩度抵寧，時一過從，瀹茗清談，目爲艶友。寧：南京的别稱，因南京古稱江寧得名。瀹茗：煮茶。惜近以病廢，退居僻巷中，生計蕭然，無復過而問者。『芙蓉緑水秋將老，鸚鵡金籠語可憐。』芙蓉緑水秋將老，鸚鵡金籠語可憐：出自明代王佐的《書所見感舊》詩。舊日繁華，不堪回首矣。姬有女，年方十歲，教以歌曲，不肯發聲，自言願歸里門，織布爲業。里門：指稱鄉里。清龔自珍《己亥雜詩》之一五〇：『里門風俗尚敦龐，年少爭爲齒德降。』余聞之嘆曰：『此大知識之女也。宜成其志。』姬亦以余言爲然。以余言爲然：認爲我的話是對的。

徐二，江陰之青陽鎮人，本姓張，乳名銀兒。乳名：又稱小名，奶名。是父母給孩子起的昵稱，與學名不同，并不正式。年十七，適同里徐權，田舍郎不解温存，大有駿馬馱痴之戚。適：舊稱女子出嫁。田舍郎：農家子。多用以指鄉野之人。宋張耒《題韓幹馬圖》詩：『心知不載田舍郎，猶帶開元大子紅袍香。』温存：撫慰，體貼。此句意爲：夫婦不般配。所謂『駿馬常馱痴漢走，巧女常伴愚夫眠』即此意也。權又性耽逸樂，不願力田，惑於匪人，夫妻偕赴吳門，轉徙秦淮，作脂粉生活。性耽逸樂：本性喜好安逸享樂。匪人：行爲不端正的人。脂粉生活：這裏代指娼妓生活。性情豪邁，不屑效倚門娼，與人較錢帛。非心之所好，即誘以多金弗顧也。余游金陵，首與姬晤，雪膚花貌，豐若有餘，而裙底弓彎，却又瘦不盈握。贈以詩，有『一泓秋水雙鈎月，洗盡秦淮爛漫春』之句，見者謂非虛譽。一泓：清水一片或一道。虛譽：無實的空名，無意義的榮譽。

先是姬賃居洞神宮前馬嫗家，斗室兩間，殊苦窄陋，且爲傖父所侮，不安厥居。先是：早先，一開始。賃居：租住。斗室：狹小的房間。余傾囊佽助，并糾同志爲卜居於城北細柳巷中。佽助：幫助。唐杜牧《唐故歙州刺史邢君墓志銘》：『日夕聞漁思佽助并州，巨細合宜。』卜居：謂以占卜擇定建都之地。後泛指選擇居住地。此庚子七月間事也。明年春，余再抵白門，姬又遷上邑之娃娃橋。嗣余就館崇川，聞爲無良速訟，移家維揚。嗣：隨後，後來。就館：謂赴宫廷治事之所。北周庾信《周大將軍墓志》：『始弘就館之禮，即授登壇之策。』後用以稱到主人家授徒或充幕僚。速訟：招致訴訟。清屈大均《書葉氏女事》：『於是夢蓮速訟，有司者不知婚姻之律，判使成婚。』壬寅仲冬，便道過訪，雖座上客滿，不异曩時，而風雨飄颻，漸覺朱顏非昔矣。仲冬：冬季的第二個月，即農曆十一月。處冬季之中，故稱。朱顏：紅潤美好的容顏。逮今秋載造其廬，則已舉家赴淮，托言索逋，實乃生計蕭索，意欲別揀枝栖。托言：假稱。清尹慶蘭《螢窗异草三編・秦吉了》：『月餘，婢竟光采如初，緒乃浼尼爲撮合山，托言貧家之女，力白於其母。』索逋：催討欠債。元劉君錫《來生債》楔子：『況是家貧窘，門前聞索逋。』

聞其瀕行，瀕行：將要離開。猶倩人至周稼軒幕中，詢余近狀，蓋賦情特甚焉。爲誦家梅村詩云：『青山憔悴卿憐我，紅粉飄零我憶卿。』殊覺今昔同情，不勝慨嘆。姬幼工技擊，不輕示人，余曾乘其薄醉，强一試之，矯若猿飛，疾同鳥落，騰躍半炊許，觀者咸目眩神驚，姬一笑斂身，依然尋常旖旎也。旖旎：温存柔媚。金董解元《西廂記諸宫調》卷一：『一個個旖旎風流濟楚，不比其餘。』凌景埏校注：『旖旎，温柔。』

姬在娃娃橋時，有本郡人張二寄居姬家，鉛華不御，鉛華：婦女化妝用的鉛粉。横波流光，雅有嬌憨之態。惜翻雲覆雨，愛憎無常，逐水桃花，未免稍輕薄耳。

王秀瑛，小名愛兒。父母皆蘇州人，生於金陵，遂家焉。遂家焉：於是在金陵定居。適伶人張七，適：嫁給。以母命，非本志也。姿首清妍，舉止閑雅，不樂與姊妹行爲伍。所居鈔庫街之西，閨閣幽深，翛然絶俗。翛然：無拘無束貌，超脱貌。有傖父某以白金四十啖其母，啖：利誘。謀一夕歡不可得。惟二三知己，相對永夕，杯茗清談，鮮及於亂。遇緩急，緩急：指危急之事或發生變故之時。傾資相助，不望報也。其性情矜尚如此。

余友周子稼軒、孫子楚儂皆與善，嘗語余云：『姬非五鼓不眠，非日中不起，早飯晌午，晚膳三更，習以爲常，不能改也。自奉甚薄，宴客必豐；盛服盈笥，盛服：華麗而整齊的服飾。弗以被體；能鼓琴，善南北曲，非興會所至，雖素心人，不克强之發聲。』興會：興到的時候。南朝宋劉義慶《世説新語・賞譽》：『王恭始與王建武甚有情，後遇袁悦之閑，遂致疑隙。然每至興會，故有相思時。』素心：本心，素願。《晉書・孫綽傳》：『播流江表，已經數世，存者長子老孫，亡者丘隴成行，雖《北風》之思，感其素心，目前之哀，實爲交切。』是蓋青樓中最有品者，然終以不得其所，鬱鬱多病。楚儂賦詩云：『我本飄萍卿斷梗，白門同是月殘時。』飄萍：飄流的浮萍。多比喻飄泊無定的身世或行踪。唐杜甫《東屯月夜》詩：『抱疾飄萍老，防邊舊穀屯。』斷梗：比喻漂泊不定。宋秦觀《别賈耘老》詩：『人生百齡同臂伸，斷梗浮萍暫相親。』姬爲涕泣久之。有妹曰二姑，沉静寡言笑，高自位置，亦大有姊風。

董三，蘇州人。肌膚不甚白，而天然韶令，雖粗服亂頭，自有一顧傾城之致。韶令：聰慧，美好。《宋書·謝莊傳》：『年七歲，能屬文，通《論語》。及長，韶令美容儀。』一顧傾城：比喻女子的美貌。《漢書·外戚傳上·孝武李夫人》：『延年侍上起舞，歌曰：北方有佳人，絶世而獨立，一顧傾人城，再顧傾人國。』余戲以『墨牡丹』名之。惜遇人不淑，孽海飄零，所得纏頭，盡償博債，眉黛間常有恨色。不淑：不善，不正派。博債：賭債。眉黛：古代女子用黛畫眉，所以稱眉爲眉黛。黛，青黑色的顔料。同居二人，長曰董大，眼光如醉，次曰董二，姿亦白皙。然以視三姬之風韵嫣然，不覺瞠乎後矣。嫣然：嬌媚的笑態。宋蘇軾《續麗人行》：『若教回首却嫣然，陽城下蔡俱風靡。』瞠乎後矣：猶言瞠乎其後。瞠，直視。在别人後面乾瞪眼趕不上，形容遠遠落在後面。

張玉秀，行大，蘇州人，隨其母寄籍江寧。寄籍：指長期離開本籍，居住

外地。宋王洋《贈向揚州》詩：『野人本住蓬萊側，寄籍淮甸老阡陌。』眉目軒爽，舉止大方，巾幗具鬚眉之氣。少時楚省吴公子見而傾倒，出數百金攏之，爲歡匝月。攏之：即梳櫳、梳攏。匝月：滿一個月。清曹寅《西軒》詩：『匝月陰蒙始放晴，柳條乙乙草縱横。』公子就官浙東，未半載，卒於署，僕從雲散，宦橐蕭然，旅櫬不得歸里。宦橐：猶宦囊。指做官所獲得的錢財。旅櫬：客死者的靈柩。唐劉禹錫《爲鄂州李大夫祭柳員外文》：『聞君旅櫬，既及岳陽。寢門一慟，貫裂衷腸。』姬聞之，立出篋中資，遣人赴浙，扶柩西旋。舟過江關，素服哭臨，呼號欲絶，遂於江口招提，廣集緇流，禮懺三晝夜，盡傾箱籠長物，命其家人伴送至楚，爲之營葬而返。素服：本色或白色的衣服。居喪或遭遇凶事時所穿。招提：民間私造的寺院。宋應麟《雜識》：『私造者爲招提、若蘭，杜枚所謂善臺野邑是也。』緇流：僧徒。僧尼多穿黑衣，故稱。北魏楊衒之《洛陽伽藍記·城内胡統寺》：『（諸尼）常入宮與太后説法，其資養緇流，從無比也。』禮懺：禮拜與懺悔的略稱，又作拜懺。即禮拜諸佛、菩薩，懺悔所造諸惡業。大抵借由禮佛、誦讀經文，以爲懺悔之意。箱籠：放置衣物的器具。長物：原指多餘的東西，這裏指像樣的東西。營葬：辦喪事。《金史·循吏傳·女奚烈守愚》：『父没時年十五，營葬如禮。』以此俠妓之聲振一時。

辛丑歲，狎客朱元官爲余道其事甚悉。狎客：舊稱嫖客。余嘗一再詢之，泪眦熒熒，隱有母也天只之恨。熒熒：泪花閃爍的樣子。母也天只：《詩經·墉風·柏舟》：『泛彼柏舟，在彼中河……之死矢靡它。母也天只！不諒人只！』原指少女因愛情得不到支持而發出的慨嘆。後泛指得不到體諒。恨：遺憾。别時許作一傳，荏苒三載，未暇踐言。荏苒：時間漸漸過去。常形容時光易逝。未暇踐言：没有顧上實踐諾言。今秋過訪，已於六月間從良矣。問之鄰姬，言有同邑名士鄒生，年甫三旬，弦斷未續，年甫三旬：剛剛三十歲。甫，剛剛，纔。弦斷：指死了妻子。偶與姬晤，姬知其高世才也，贈以所蓄纏頭，易金奉母，飄然長往。兹聞倡隨相得，筆耕針耨，稱嘉耦焉。倡隨：夫唱婦隨的略語。夫唱於先，婦隨於後。語出《關尹子·三極》：『夫者倡，婦者隨。』舊社會男尊女卑，妻從夫命，故稱。後用以形容夫婦關係融洽和美。筆耕針耨：筆耕，以筆代耕，謂以筆墨工作謀生。針耨，謂以針代耨，替人作針綫活儿來維持生計。嘉耦：互敬互愛、和睦相處的夫妻。吁，异哉！姬之所爲，殆有大過人之才識，而濟以豪俠果斷者，不圖於青樓中得之。

余既深嘉其志，且喜其得所歸也，爲之綴序其事，以償夙諾云爾。嘉：善，誇耀，誇獎。夙諾：夙願，從前的諾言。云爾：語氣助詞，表示限制，如此罷了，如此而已。聞姬善昆曲，有崩雲裂石之音，惜未及聆之。其繼妹曰張二，弱質纖妍，亦嫻詞曲。弱質：衰弱的體質。南朝宋謝靈運《山居賦》：『弱質難恒，頹齡易喪，撫鬢生悲，視顔自傷。』姬有義女名雙福，年纔十一，白皙聰俊，與姊鳳兒并工戲劇。余於王氏水閣觀演《尋親記·跌包》一齣，聲情并茂，不亞梨園能手。鳳兒年十三，亦姬義女，自姬從良後，其母尚賴三人作生計焉。

郭三，名心兒，丹陽人。父早亡，及笄之歲，母惑媒氏言，誤字維揚郭某。及笄之歲：古代特指女子十五歲可以盤髮插笄的年齡，即成年。字：舊時稱女子出嫁。成婚未幾，竟以誘脅墮入風塵。墮入風塵：代指妓女生涯。年十九，移家金陵之桃葉渡，妖冶傾一時。妖冶：艷麗。向來秦淮諸姬，以蘇帮爲文，揚帮爲武。姬雖産於雲陽，而來自邗江，遂爲維揚諸姬之冠。都人士戲以『武狀元』目之。其所交好，皆達官貴人及文士負盛名者，趕熱郎未易得覯顔色。覯：見，看到。顔色：容貌，面容。

余曾於辛夏邂逅河亭，頎而婉，豐而逸，素肌纖趾，温乎如瑩。於今三年，姬齒二十有六，齒：年齡。而盈門車馬，不減當初。余友季子影生甚與善，嘗爲余言，姬賦性豪爽，賦性：天性。重意氣，善知人，無門户習。至於媚骨天生，更不待擇新采异也。贈以短句四章，有云：『醉聞嬌喘聲猶媚，暖熨豐肌汗亦香。漫道司空渾見慣，漫道：即莫道，不要説的意思。溫柔祇合喚仙鄉。』皖桐光漱六孝廉聞而擊節，皖桐光漱六：即光立聲，字石君，號漱六，安徽桐城人。乾隆三十九年（一七七四）舉人。著有《漱六集》《廠青詩集》。孝廉：孝廉是漢武帝時設立的察舉考試，是任用官員的一種科目，孝廉是『孝順親長、廉能正直』的意思。明、清兩代是對舉人的雅稱。以詩寄余，有『傳來好句惟卿兩，解識芳心共我三』之句。時孝廉在上洋戟署也。姬有義女曰小姑，揚州人，忘其姓。年纔十七，長眉掩鬢，笑靨承顴，彈袖曳裾，風流秀曼，亦後起之雋也。笑靨承顴：女子笑時口旁出現兩個酒窩。靨，面頰上的微窩，俗稱酒窩。顴，顴骨。因顴骨在酒窩之上，故用承。雋：通『俊』。才智出衆的人。

王四，本郡人。蘭姿玉質，秀韵天成，性喜清幽，雖在風塵，常深自秘匿，不甚見客。所居月波水榭，綺窗錦幕，不染纖埃，几榻尊彝，位置俱極楚楚。位置：布置，安排，處置。楚楚：整潔鮮明的樣子。入其室者，如別一洞天，幾忘門以外之甚囂塵上也。幾忘：幾乎忘記。甚囂塵上：甚，很。囂，喧鬧。楚國跟晉國作戰，楚王登車窺探敵情後對侍臣説：『甚囂，且塵上矣。』意思是晉軍亂亂哄哄，喧嘩得很厲害，而且塵土也飛揚起來了。這裏指鬧哄哄的門外世界。

施四，蘇州人。窈窕秀弱，眉目含情，唇一點小於桃英，趾雙翹瘦於蓮瓣。窈窕：美麗嫻靜的樣子。桃英：桃花。年雖稍長，調笑無雙，殆《疑雨集》所咏『丰容工泥夜，情味勝雛年』者也。《疑雨集》：明代王彥泓所作詩集。詩風華麗奢靡，後期納蘭詞句多摘自《疑雨集》。它對民國時期鴛鴦蝴蝶派小説中的香艷詩也影響頗大。松陵某尹暱寵之，携居胥江別館，欲置爲側室不果，三載後復歸秦淮。暱寵：親暱寵愛。側室：小妾。

徐九，揚州人。早負盛名，惜余未之見。孫楚儂贈以詞云：『簾前記執纖纖手，堂中細酌盈盈酒。語軟情溫，惆悵巫山一段雲。背人特地留儂住，驚風又拂衣衫去。無悶無愁，萬喚千呼不轉頭。』又云：『驚春正滯邗江棹，悲秋始返金陵道。此日相逢，疑是飛瓊下碧空。飛瓊：王母娘娘侍女的名字。後泛指仙女。唐顧況《梁廣畫花歌》：『王母欲過劉徹家，飛瓊夜入雲軿車。』茜裙半掩榴花飾，雲鬟低亞胭脂赤。茜裙：絳紅色的裙子。相對多情，衹少些兒畫不成。』近聞已歸吳江某明府公子爲側室，甚有寵云。明府：清代對知府的代稱。

唐小，本郡人，住槽坊巷。年方及笄，及笄：指女子十五歲成年。品貌雙絶。綺閣深藏，俗子未易謀面。善歌能飲，解誦風詩，每一掉文，如匡説解頤，不數鄭家婢泥中之對也。掉文：掉書袋。掉，擺動，摇動。譏諷人愛引用古書詞句，賣弄才學。這裏指開口言説。匡説解頤：《漢書・匡衡傳》：『匡説《詩》，解人頤。』顔師古注引如淳曰：『使人笑不能止也。』解頤，開顔歡笑。鄭家婢泥中之對：此典出自南朝宋劉義慶《世説新語・文學》。鄭玄家奴婢皆讀書。嘗使一，不稱旨，將撻之，方自陳説，玄怒，使人曳著泥中。須臾，復有一婢來，問曰：『胡爲乎泥中？』答曰：『薄言往愬，逢彼之怒。』其大婦曰嚴三，齒長於姬，而姱容修態，堪與頡頏，亦緣位置自高，羞與曲中人伍，人罕見之。姱容修態：姱，美好；修，長遠；態，志嚮。美麗的容貌，長遠的智慧。戰國楚宋玉《招魂》：『姱容修態，絙洞房些。』頡頏：泛指不相上下。

謝玉，字楚楚，本郡人。年十六，肌理玉雪，秀慧絶倫，與其母居釣魚巷中。秀慧：聰明美麗。《北史・魏紀五・敬宗孝莊帝》：『風神秀慧，姿貌甚美。』善南北曲，嬌喉一囀，飛鳥遏音。遏音：停止鳴叫。母珍同掌珠，欲得佳子弟字之。掌珠：掌上明珠，形容极其珍愛。字：嫁，出嫁。玉亦自矜聲價，不屑作尋香人，雖給侍燕游，猶虚屏山之夢也。尋香人：這裏指代一般的樂人。尋香，游賞勝景，追逐香氣。猶虚屏山之夢：即無法得到的意思。屏山，屏風。虚屏山之夢，即屏山之虚夢。

趙小，字静芳，江陰人。中人姿耳，有紈袴子弟暱之，一時獻諛者，思博主人歡，遂有『文狀元』

之號。中人姿耳：一般人的容貌。昵：指親寵。獻諛者：阿諛奉承之人。余觀其爲人，沉默寡言，無輕佻氣習，要亦善自修飾，不隨俗波靡者。沉默寡言：性情沉静，很少説話。輕佻：謂行動不沉著、不穩重。

許壽子，本郡人。年逾二紀，舉止風韻，儼如閨閣中人。二紀：二十四年。紀，紀年的單位，十二年爲一紀。儼如：宛如，好像。明方孝孺《先府君行狀》：『民有積粟，野無餓殍，鷄犬牛羊散被草野，富庶充實，儼如承平之世。』有張生某夙與善，生以筆耕爲業，而未有室家，歲入悉以遺姬，如是者有年。筆耕：以筆墨工作謀生。室家：這裏指妻室。有年：猶言多年。韓愈《進學解》：『弟子事先生於兹有年矣。』既而生以旅邸久居，饔飧不繼，姬聞而招致之，終歲日用，皆取給於姬，衣履亦姬親製。旅邸：猶旅館。宋郭彖《睽車志》卷五：『（朱藻）某年南宫奏名，方待廷試，有士人同寓旅邸。』饔飧：泛指飯食。終歲日用：一年到頭的日常開銷。繼復爲宛轉營謀，得膺某邑侯之聘，館穀豐美。營謀：謀求。膺：擔任。瀕行時，姬置酒祖餞，生戀戀不忍别。祖餞：餞行。元辛文房《唐才子傳·温庭筠》：『庭筠之官，文士詩人争賦詩祖餞，惟紀唐夫擅場。』

姬於酒半，忽抗聲謂生曰：抗聲：高聲，大聲。《魏書·任城王順傳》：『紇脅肩而出，順遂抗聲叱之。』『青樓中那有情好，所綢繆者錢耳。綢繆：情意殷切。君留戀烟花，罔思自立，浪游數載，如夢如泡。罔思自立：不思慮自我發展。今年已三旬，一誤豈容再誤。自兹以往，君當絶迹狹邪，亟圖嘉耦。狹邪：妓院。亟圖：儘快尋覓。妾不能終事君，亦不願繼見君。此間君勿復來，亦無復以妾爲念也。』言已欷歔，欷歔：哭泣後不由自主地急促呼吸。泣下如雨，生大感慟，即振策去。嗣聞就館三年，嗣：後來。積資頗厚，且娶妾生子，不負姬别時所囑云。先是有潤城某公子慕姬名，策騎過訪。適姬所賃屋，爲主者别售，迫令徙居，某立出千金，購以贈姬，至今青溪艷稱之。

徐二寶，本郡人，居釣魚巷之上街。其夫爲梨園領袖。姬於儕偶中年最長，儕偶：同輩人。余相識時，已不作脂粉生涯。然素服淡妝，自然幽雅，徐娘雖老，尚有風情也。皖桐光漱六孝廉夙與之善。有無錫秦姬者，與姬有葭莩親，嚮居丁字簾前，庚子秋復自梁溪來，寄居姬家者匝月。葭莩親：關係一般的親戚。葭莩，蘆葦稈內的薄膜，比喻關係疏遠淡薄。匝月：一整月。余因徐姬得識秦姬，雖齒加長矣，而纖腰踽步，婉媚愁人，亦此中翹楚也。踽步：慢步貌。翹楚：翹，是高出仰起的意思；楚，荊木。翹楚原指高出一般灌木的荊樹。後引申作爲超群出衆，出類拔萃。

徐壽姐，杭州人，適維揚徐某，僑寓秦淮。適：嫁給。年已二紀，雋逸風流。妙解音律，同居數姬，競善度曲。度曲：唱曲。余嘗避暑河亭，壽率諸姬柳陰列坐，絲肉競發，雲委塵飛，靜聆移時，宛在清虛府也。絲肉：絲竹之聲，歌喉之聲。絲，八音之一。肉，指從口中發出的歌聲，對樂器之聲而言。移時：一會，經歷一段時間。《後漢書·吳佑傳》：『歡語移時，與結友而別。』清虛府：即清虛洞府，指月宮。清洪昇《長生殿·罵賊》：『除却了清虛洞府，衹有那沉香亭院。』

馬四，蘇州人。身軀弱小，明眸善睞，膚如凝脂，殆江淹賦所云『氣柔色靡』者。明眸善睞：形容女子的眼睛明亮而靈活，美目善於顧盼傳情。膚如凝脂：皮膚像凝固的油脂，形容皮膚潔白且細嫩。江淹：字文通，南朝辭賦大家。濟陽考城（今河南民權）人。氣柔色靡：語出江淹《麗色賦》：『言必入媚，動必應規，有光有艷，如合如離，氣柔色靡，神凝骨奇。』惟雙趺不甚纖妍，常靸小方鞋（俗名拖鞋），作忙促狀，掩其微疵。雙趺：雙脚。靸：把鞋後幫踩在脚跟下，引申爲穿的意思。忙促：忙碌而緊張。

王二，蘇州人，早墮風塵，由琴川轉徙金陵。余於庚夏相晤於熊氏河房。容貌亦自娟妍，第苦貧乏不能自存。娟妍：俊美，艷麗。第：不多，但是。贈以貲，且爲延譽，得漸生色。延譽：播揚聲譽，傳揚好名聲。及辛歲抵寧，則被服麗都，座客常滿矣。綈袍雖在，已無戀戀故人之色。綈袍：厚繒製成之袍。余笑而詰之，姬面發赬，一座粲然。詰之：問她。詰，詢問。發赬：發紅。粲然：笑貌。《穀梁傳·昭公四年》：『軍人粲然皆笑。』范寧注：『粲然，盛笑貌。』姬有妹曰鳳姐，年方十齡，致亦楚楚。致：情態。教之歌曲，發響清越，妙合自然，洵美材也。洵：確實，實在。

湯四、湯五，揚州人。姿首皆明艷，而四姬尤柔曼豐盈。姿首：泛指容貌。豐盈：體態豐滿。宋玉《神女賦》：『貌豐盈以莊姝兮，苞温潤之玉顔。』余嘗戲之曰：『子好食言而肥歟？』食言：不履行諾言，失信。姬不解，誤以言爲鹽（吴音言、鹽相似），率爾對曰：率爾：隨便，無拘束貌。『吾素不嗜鹽。』嗜鹽：喜好吃鹽。聞者絶倒。絶倒：大笑不能自持。宋蘇軾《游博羅香積寺》詩：『詩成捧腹便絶倒，書生説食真膏肓。』

陳小，江北人。鬻居王府塘董二家，後徙潘家河房。年及破瓜，破瓜：舊時文人拆『瓜』字爲二八以紀年，謂十六歲。眉目疏朗，靨輔間數點微麻，天然媚麗。靨輔：頰邊微窩。俗稱酒窩。余同鄉邵子峨堂與之善，語余云：『姬姿致亦猶人耳，所絶勝者，一痕酥透，雙蕾含春，觸手温柔，不待斜照銀燈，驚誇瑞雪也。』

董二，本郡董禿子女，年十五六，亦有微麻，白皙瑰逸，王府塘之魁首也。瑰逸：瑰奇俊逸；瑰麗飄逸。晉陶潛《閑情賦》：『夫何瓌逸之令姿，獨曠世以秀群。』魁首：首領，位居首者。漢荀悦《漢紀·成帝紀三》：『賞所留者，皆其魁首，或故吏善家子失意隨輕俠者。』

金二，本姓丁，蘇州人。居釣魚巷，艷名頗著，余於庚夏曾一遇之。明眉慧眼，纖趺柔腰，幾欲傾其流輩。纖趺：纖細的雙脚。趺，同『跗』，脚。惜兩顴微高，婉容稍減。有某公子者，甚與善，珠玉錦綉，稠疊贈遺，嘗於一月中，費金千計。兩情膠漆，引喻山河，秋以爲期，絲蘿永托。膠漆：膠和漆，是兩種最具黏性的東西。比喻情意投合，親密無間。引喻山河：這裏表示情深意切。秋以爲期：語出《詩經・衛風・氓》：『將子無怒，秋以爲期。』絲蘿永托：菟絲與女蘿。《詩經・小雅・頍弁》：『蔦與女蘿。』毛傳：『女蘿，菟絲，松蘿也。』陸德明釋文：『在草曰菟絲，在木曰松蘿。』菟絲、女蘿均爲蔓生，纏繞於草木，不易分開，故詩文中常用以比喻結爲婚姻。聞者咸謂金姬能博公子歡，咸：都，全。慶將來得所歸。公子亦喜得阿嬌，擬以金屋貯之。一日公子啓扉而入，闃其無人，詢之鄰嫗，則姬於前夕盡室以行，不知所往。啓扉：開門。闃：空，空貌。盡室以行：室，家；盡室，全家。指全家一齊出行。公子疑信參半，書空咄咄，偵騎四出，踪緒杳然，悲憤填膺，一病幾殆。疑信參半：半信半疑。書空咄咄：嘆息，憤慨，驚詫。南朝宋劉義慶《世説新語・黜免》：『殷中軍被廢，在信安，終日恒書空作字。揚州吏民尋義逐之，竊視，唯作「咄咄怪事」四字而已。』踪緒杳然：踪緒，踪迹。杳然，形容看不到，聽不見，無影無踪。悲憤填膺：滿腔悲痛氣憤。幾殆：危殆，危險。噫！青樓薄幸，如金姬者，其尤哉！

高四，太倉州人，居東水關。頎身玉立，情致嬌憨，嬌憨：猶嬌痴。唐陳羽《古意》詩：『姑嫜嚴肅有規矩，小姑嬌憨意難取。』皖桐家萼秋，一見傾倒。或云：『姬嚮與某丞善，丞乃富於資而蠢俗不韵者。』萼秋力辯其誣，誣：妄言。謂俊慧如姬，必能擇人。贈以詩，有云：『文君自解憐司馬，碧玉何曾嫁汝南！』可謂有情痴矣。乃萼秋絶憐愛之，姬殊落落，盡傾橐中金，聚首無多日，卒以不歡而散。憐愛：憐惜和疼愛。落落：指豁達。橐：口袋。迨次年秋，蕚秋領鄉薦，鹿鳴宴罷，緩轡過之，姬慚沮，閉户以疾辭，竟不出見。鄉薦：唐、宋應試進士，由州縣薦舉，稱『鄉薦』。這裏代指考中舉人。鹿鳴宴：科舉制度中規定的一種宴會，起於唐代。明清沿此，於鄉試發榜次日，宴請新科舉人和內外簾官等，歌《詩經》中《鹿鳴》篇，司稱『鹿鳴宴』。緩轡：謂放鬆繮繩，騎馬緩行。慚沮：羞愧沮喪。南朝宋謝靈運《擬魏太子鄴中集詩》：『調笑輒酬答，嘲謔無慚沮。』

周四，又稱梁四，蘇州人。年逾三十，風韻猶存，善彈琵琶，名著青溪、桃葉間。有兩女曰大官、二官，貌不甚美，而演劇殊佳，十餘齡耳，已識曲中三昧。三昧：奥妙，訣竅。唐李肇《唐國史補》卷中：『長沙僧懷素好草書，自言得草聖三昧。』同時小女伶有周玲，女伶：指演奏樂器、演習或唱歌的女子。乳名姐官，字瑟瑟，蘇州人；方全，後改名璇，字姗來，江陰人；吴雙福，張大義女；汪銀兒、胡四喜、秦巧姐等（皆蘇州人），并工院本。院本：金元時，行院演唱用的戲曲脚本。體制與宋雜劇相同，是北方的宋雜劇向元雜劇過渡的形式。而周玲實創厥始，四喜獨冠其曹。曹：等輩，儕類，同類。鑒湖邵子升岩嘗語余云：『周玲之《尋夢》《題曲》，四喜之《拾畫》《叫畫》，含態騰芳，傳神阿堵，能使觀者感心嫭目，迴腸蕩氣，雖老伎師，自嘆弗如也。』傳神阿堵：傳神，指好的文學藝術作品描繪的人物生動、逼真；阿堵，六朝人口語，即這、這個。形容用圖畫或文字描寫人物，能得其精神。嫭目：讓人看著感覺美好。

卷下

軼事

聞之金陵父老云：『秦淮河房，嚮雖妓者所居，屈指不過幾家，開宴延賓，亦不恒有。自十餘年來，户户皆花，家家是玉，冶游遂無虚日。丙申、丁酉夏間尤甚，由南門橋迄東水關，燈火游船，銜尾蟠旋，不睹寸瀾，河亭上下，照耀如晝。銜尾蟠旋：銜尾，謂前後相接。漢桓寬《鹽鐵論・力耕》：『是以騾驢馲駝，銜尾入塞。』蟠旋，盤曲迴旋。瀾：波瀾，波紋。諸名姬家廣筵長席，日午至丙夜，座客常滿，樽酒不空。日午：中午。丙夜：三更時分。大約一日之間，千金糜費，真風流之藪澤，烟月之作坊也。』藪澤：指水草茂密的沼澤湖泊地帶。此處猶根源。余游金陵，在庚辛之交，已不及見爾日繁華。爾日：當時。清田蘭芳《明河南參政袁公墓志銘》：『而捍患禦灾又誠合於祭法，無惑乎歌饗神前，人心同然，至如爾日之盛也。』名姝如朱素貞、劉大子輩，皆如石氏翾風，退爲房老矣。翾風：猶流風。房老：亦稱『房長』，年老而色衰的婢妾。而風月平康，今猶視昔，至五月初五、十三兩日，游船之盛，正不減曩時也。曩時：往時，以前。漢賈誼《過秦論上》：『深謀遠慮，行軍用兵之道，非及曩時之士也。』

珠市地近内橋，已爲市闤，舊院則廢圃數十畝而已。中山東花園，僅存其名，故址不可復睹。市闤：市場的門。宋蘇軾《次韵陳海州書懷》：『舊聞草木皆仙藥，欲弃妻孥守市闤。』故址：舊址，遺址。《北史・劉芳傳》：『宫闕府寺，僉復故址。』回光、鷲峰兩寺，亦金碧剥落，香火闃如。闃如：空缺，缺然。至長板橋，尤泯没無迹，泯没無迹：消失。詢之故老，漫指曠野中石橋以應，無從辨其是非。因誦『西風殘照』『楊柳彎腰』之曲，覺當時尚有秋水一泓，兹則盡成平陸，亦劫塵之小變也夫。西風殘照：秋天的風，落日的光，比喻衰敗没落的景象。多用來襯托國家的殘破和心境的凄涼。唐李白《憶秦娥》詞：『樂游原上清秋節，咸陽古道音塵絶。音塵絶，西風殘照，漢家陵闕。』劫塵：凡塵，人世。

明初於聚寶、石城、西關諸處，建輕烟、淡粉、梅妍、柳翠等十四樓，以聚四方賓客。凡縉紳宴集，皆用官妓，與唐宋不异。縉紳：插笏於帶，舊時官宦的裝束，轉用爲官宦的代稱。縉，也寫作『搢』，插。紳，束在衣服外面的大帶子。官妓：古代供奉官員的妓女。唐、宋時官場應酬會宴，有官妓侍候，明代官妓隸屬教坊司，不再侍候官吏，清初廢官妓制。晏振之《金陵元夕》詩所云『花月春風十四樓』也。晏振之：明代永樂年間人。今諸樓皆廢，遺址無存。長干里一帶室廬，亦盡成廛市。長干里：在今內秦淮河以南至雨花臺以北的長干里，是南京古代著名的地名。早在春秋戰國時代，長干里一帶已經是南京人口最密集地區，也是本地區經濟命脉之所在。廛市：市廛，商肆集中之處。《舊唐書·隱逸傳·史德義》：『騎牛帶瓢，出入郊郭廛市，號爲逸人。』鴛湖朱竹垞先生《秦淮舟中》詩云：『聞道秦淮樂未闌，小長干接大長干。桃根桃葉無消息，腸斷東風日暮寒。』朱竹垞：朱彝尊（一六二九～一七〇九），清代詩人、詞人、學者。字錫鬯，號竹垞，晚號小長蘆釣魚師，又號金風亭長。秀水（今浙江嘉興市）人。吾湖東林陳蘭谷先生亦有詩云：『輕烟淡粉亂栖鴉，重過城南舊狹邪。陳蘭谷：明末都司，順治四年（一六四七）在東莞抗清，力戰而死。狹邪：妓院。不爲東風賒美酒，怪渠吹盡六朝花。』渠：他，它。

沉香街即鈔庫街，在貢院對河。沉香街：見於清鈕琇在《觚賸》中的記載。相傳嘉興項子京焚所製沈香床，香經四五日不散，因以名街。項子京：項元汴（一五二五—一五九〇），字子京，號墨林，浙江嘉興人。余謂章臺中原少情種，然千金買笑，期月便忘，絮薄花浮，毋乃太甚！快哉項生，酒半抗聲，裂衣捶床，一吐胸頭惡氣，足令此輩愧生顏變矣。情種：痴情的男子。期月：一整月。抗聲：高聲，大聲。乃街之名由此而傳，則又妓之不幸，而街之深幸也夫。

桃葉渡，在青溪曲處，渡頭坊表，金碧焕如。坊表：古代具有表彰、紀念、導嚮或標志作用的建築物。包括牌坊、華表等。牌坊是一種單排立柱，上加額枋、斗拱等構件，另加施屋頂的稱牌樓。每當夕照西沉，酒舫喧闐，與競渡聲相間。夕照西沉：夕陽西下。酒舫：酒船。喧闐：喧嘩，熱鬧。對岸爲御河房，相傳前明威武南巡，曾經駐蹕。前明威武：指明武宗朱厚照。他曾自封威武大將軍。駐蹕：皇帝后妃外出，途中暫停小住。水榭外垂柳千絲，拖烟漾月，暑窗徙倚，清風徐來，不待帷展紫綃，始消塵燠也。塵燠：塵土與燥熱。

丁字簾前，厥名舊矣，今利涉橋之西，水榭三間，最爲軒翥。厥名：其名，它的名字。軒翥：飛舉。清唐孫華《石鼓歌》：『軒翥變化皆古態，俗書豈得誇銀鈎。』玉筯篆額，玉筯篆：亦稱『玉箸篆』。篆書的一種。其書寫筆道圓潤温厚，形如玉筯（筷子），故名。始於秦代，唐代齊已《謝西川曇域大師玉箸篆書》詩稱：『玉筯真文久不興，李斯傳到李陽冰。』尚懸楣間，縱非當日故居，當亦相去不遠。《桃花扇》傳奇云：『桃根桃葉無人問，丁字簾前是斷橋』，可證也。

秦淮游舫，不施窗幕。彼姝鮮乘舟者。鮮：少有，很少。競渡則有樓船。進自水西門，净几紗窗，拂拭楚楚。楚楚：乾净整潔的樣子。名姬三五，載酒嬉游，簾影衣香，隨風摇曳。余於辛丑夏五，猶及見之，嗣以當事者禁之而止。

端午龍舟，傾城游賞，極一時之盛矣。傾城：全城，滿城。晋孫楚《征西官屬送於陟陽候作》詩：『傾城遠追送，餞我千里道。』中元節爲盂蘭集福會，諸名姬家皆禮懺設齋，虔修佛事。中元節：又稱『七月節』或『盂蘭盆會』，爲三大鬼節之一。中元節是道教的説法，『中元』之名起於北魏，有些地方俗稱『鬼節』『施孤』，又稱亡人節、七月半。根據古書記載：『道經以正月十五日爲上元，七月十五日爲中元，十月十五日爲下元。』禮懺：禮拜與懺悔的略稱，又作拜懺。虔修：虔誠地進行。好事者則於河流施放水燈，隨波熒熒，頗堪寓目。施放：即放。寓目：看一下，過目。這裏當爲悅目之意。至中秋前後夕，壘几爲臺，陳設香果，喧闐鼓吹，宴樂連宵，或踏月嬉游，逢橋打瓦，亦歡場韵事也。喧闐：喧鬧，喧嘩。韵事：風雅之事。舊時多指文人名士吟詩作畫等活動。

河亭徙倚，以永朝夕，不須倚翠偎紅，自可嬉怡忘倦。徙倚：猶徘徊，逡巡。《楚辭·遠游》：『步徙倚而遥思兮，怊惝怳而乖懷。』王逸注：『彷徨東西，意愁憤也。』倚翠偎紅：接近女性。形容同女性親熱昵愛。嬉怡：和悅，喜悅。《舊唐書·李義府傳》：『義府貌狀温恭，與人語，必嬉怡微笑。』余於今秋寓居王氏水榭，每晨起盥櫛初畢，即聞鄰女教歌之聲，風外悠揚，使人意遠。盥櫛：梳洗。明宗臣《報劉一丈書》：『聞鷄鳴即起盥櫛。』至日亭午，游艇如梭，呈絲逞竹。至日亭午：到了正午時分。呈絲逞竹：樂器聲，歌喉聲。入夜則燈光焕發，爆竹喧豗，間偕雲陽校書，掀簾憑眺，爇香啜茗，娓娓清言，幾忘凉月之西沉也。喧豗：形容轟響。唐李白《蜀道難》詩：『飛湍瀑流争喧豗，砯崖轉石萬壑雷。』爇香啜茗：燒香吃茶。娓娓：形容談論不倦或説話

動聽。涼月之西沉：意指天快亮了。

市井方言，名姬不屑道。間有一二語，在章臺間習聞之，如『這也不該提』『那也不必了』是也。年來忽尚一『少』字，每詢以事之隱諱者，輒矢口而答曰『少』。尚：流行。輒：全，都。矢口：猶開口，隨口。常表示不用思索。余嘗戲作集句曰：『這也不該提，那也不必了。白皙誰家郎，魂斷一聲少。』『受郎珍惜祇儂知，儂：你。難忘霞侵月滿時。最是將歸猶未忍，阿母傳語怪來遲。』此《疑雨集》中王次回《贈左卿》詩也。王次回：王彥泓（一五九三～一六四二），字次回，金壇人，明末詩人，官華亭縣訓導。喜作艷體小詩，多而工，詞不多作，而善改昔人詞，著有《疑雨集》。庚子八月十日，余在江陰徐校書家，校書：樂伎、歌伎。唐王建《寄蜀中薛濤校書》詩：『萬里橋邊女校書，枇杷花裏閉門居。』江陰徐校書即指徐二。亦嘗竊取其詞以記事云：『受儂珍惜感儂痴，最是霞侵月滿時。虛説并頭蓮子好，個中苦薏祇卿知。』并頭蓮：又叫并蒂蓮。蒂，花或瓜果跟莖連接的部分。并頭蓮是并排地長在同一莖上的兩朵蓮花。比喻恩愛的夫妻。個中：此中，這當中。唐寒山《詩》之二五五：『若得個中意，縱橫處處通。』苦薏：苦蓮子。《爾雅・釋草》：『（荷）其實蓮，其根藕，其中的，的中薏。』邢昺疏引陸璣曰：『蓮青皮，裏白，子爲的；的中有青爲薏，味甚苦。』

同鄉沈子潔夫語余云：『長洲詹孝廉湘亭，於今春應試白門，暱梁四養女盤兒，有《扇底新詩》六十首志其事。孝廉：明朝、清朝對舉人的雅稱。暱：親近，親暱。志：通『識』。記住，記載。其友王鐵夫，賦《志夢詩》五十章和焉。和：附和，響應。盤故吳人，謀歸吳以事詹，志未諧而卒。諧：辦妥，辦成，商議定。詹哀之，以三百金市其柩，市：購買。歸葬於虎阜再來亭之西隅。祁昌司鐸沈蕢漁爲譜《千金笑》傳奇，付樂部。』

付：交付，交給。詹王兩君詩册，暨薲漁傳奇，潔夫皆親見之。能誦其略，惜余後至，未獲一睹爲憾。潔夫又云：『同時有趙藥老，與磬女弟荷兒狎，女弟：妹妹。狎：接近，親近。荷以馬湘蘭小影贈之，亦韵人也。茲已從良矣。』吁！青溪不少名姝，何四條弦家，獨多佳話耶？

有賣花馬媪者，媪：老年婦女。《公羊傳·昭公三十一年》：『顏夫人者，媪盈女也，國色也。』蘇州人，住洞神宮前黑廊下。年四十餘而寡，日於河房中送花爲業。子媳二人，并工手藝。所居前空屋兩楹，常供客館。兩楹：兩間。楹，量詞，房屋計量單位，屋一列或一間爲一楹。館：寓居，留宿。鄰寓有陳生某，家本越中，浮踪白下。浮踪：猶漫游。值歲除日，主人以生夙逋無償，迫令他徙。歲除日：農曆中每年最後的一天。夙逋：舊債，舊賬。生請以五日爲期，意將遷延卒歲。遷延卒歲：延期以度過年終。遷延，延後，延期。卒歲，度過年終。而主人不可，發聲徵色，勢且難緩須臾。須臾：片刻，短時間。生負氣出門，進退無所，躑躅於利涉橋上，將爲抱石之謀。躑躅：徘徊不前。抱石之謀：懷抱石頭。謂投水而死。

適媪自橋南送花歸來，見生倚欄孑立，神氣頹喪，迥异平時，疑而詰問，生若罔聞，屢叩之，答以無他，辭色間轉似憎媪饒舌者。孑立：獨自一人而立。孑，單，獨。頹喪：精神萎靡不振，情緒消沉。詰問：追問，責問，質問。罔聞：没有聽見。叩：探問，詢問。饒舌：嘮叨，多嘴。媪益駭惑，强攬其袪以歸，研詢多時，始得其實。媪喟然曰：駭惑：驚奇疑惑。研詢：仔細詢問，盤問。喟然：形容嘆氣的樣子。『子誤矣！以子之貌，當亦非久困者，何識短智淺，遽不欲生？遽：急迫，窘迫。妾雖貧，猶能爲力，所負鄰寓房膳若干金，即當代爲措償。今夕請子移寓妾居，度此殘歲。殘歲：歲末。來年俟有機緣，俟：等待，等候。再圖他適可也。』

言已，便詣鄰居，詣：前往，到。告以故，携取行李而返。生感其情，即爲栖止。栖止：寄居，停留。唐李頻《辭夏口崔尚書》詩：『同來栖止地，獨去塞鴻前。』迨次年，生汲引乏人，仍無安硯之所，起居服食，皆仰給於媼。汲引乏人：無人提拔引薦。汲引，比喻提拔或薦推人才。無安硯之所：此處意指没有屬於自己的住所。仰給：依靠别人供給。媼積久無倦容，亦無德色。倦容：疲倦的臉色。德色：自以爲對别人有恩德而流露出來的神色。偶有嘉肴名果，必先奉生，子及媳咸服事惟謹。嗣值生妻物故，子以覓父來寧。物故：亡故，去世。《荀子·君道》：『人主不能不有游觀安燕之時，則不能不有疾病物故之變焉。』媼知生無以爲家，無以爲家：找不到安身的地方，比喻生活很潦倒。復百計張羅，爲其子納婦，即於鄰左賃屋以居。賃屋：租房子。生父子適館攸寧，幾忘旅人之困焉。後閱年餘，生始就邗江一巡司幕席，挈之偕往，無多歲入，僅給饔飧。閱年餘：經過一年多。幕：指幕府聘用的僚屬。饔飧：這裏泛指吃喝。淮陰一飯之酬，尚將俟諸异日也。

同時又有潘媼者，亦蘇州人。有子三人，咸習梨園。伯仲并居河房，伯仲：老大老二。在文德橋之西。季子則家於白塔巷中，季子：老三。相距里許。媼往來兩地，日以爲常。

橋北有八角碑亭，乃去來必經之路。某歲除夕，媼自河樹歸家，出門甫數武，數武：數步，幾步。武，指脚步。見有儒衣冠者，投繯於亭角，投繯：上吊，自縊。疾呼家人，解救獲蘇。時已昏暮，舁歸河亭。舁歸：共同抬回去。詢其姓氏里居，則張生名某，籍隸浙西，亦緣賦閑多時，僑寓壽聖庵中，賦閑：指没有職業在家閑著，失業在家。僑寓：僑居，寄居。宋王讜《唐語林·豪爽》：『李元將評事及弟仲將嘗僑寓江都。』負西客百餘金，歲暮莫償，而客坐索不去。坐索：守候催取。生不得已，謬以告貸他出，至此無之，遂自經焉。媼聞之笑曰：『原來不過百餘金負欠耳。齷齪守錢奴，齷齪：對一件看不慣的人或事發泄心中的不滿或對此表示鄙視。何逼人太甚耶！』立傾篋出金，如數付償西客，且送生歸寓，勸慰良殷。改歲後復不時饋遺。改歲：由舊歲進入新年。《詩經・豳風・七月》：『嗟我婦子，曰爲改歲，入此室處。』陳奂傳疏：『改，更也。改歲，更一歲也。』

已而生將就館西江，依依惜別。媼誓不望報，敦促啓行。敦促：以誠懇或迫切的態度催促或提醒注意。迄今二十餘年，音問不絶，如親串焉。親串：關係密切的人。二事皆得之雲間袁子繼香所述。余於二媼猶及見之，一賣花，一豢妓，豢：養，供養。曾不若尋常婆子耳。而濟困扶危，各具一副俠腸，大爲窮途生色，孰謂若輩中無人物耶。人物：指才能杰出或聲望卓著的人。爰采入軼事以傳之，且以風彼鬚眉，鑽研錢孔，曾二媼之不若者。

秦淮雜詩，自漁洋山人後，作者如林，美不勝録。漁洋山人：王士禛（一六三四～一七一一），原名士禛，字子真、貽上，號阮亭，又號漁洋山人。新城（今山東桓臺縣）人。康熙時，繼錢謙益而主盟詩壇。近時吾郡徐雨亭先生溥，著有《竹枝》十首，質而弗俚，逸而不纖，亦足以徵前代之流風，志一時之韵事也。詞云：『何處春光景倍佳，烟花十里舊秦淮。豪家日費千金賞，博得青樓一鳳鞋。』『紅妝結隊鬥鉛華，高髻盤雲墮鬢鴉。鉛華：婦女化妝用的鉛粉。這裏借指婦女的美麗容貌、青春年華。清孔尚任《桃花扇・傳歌》：『鉛華未謝，丰韵猶存。』鬢鴉：形容鬢髮鬒黑如鴉色。相與踏青聯袂去，舊王府裏看桃花。』相與：共同，一道。『彩鷁飛亮取次過，彩鷁：彩舟。鷁，水鳥名，古代常畫鷁於船首，故稱。南朝陳張正見《上之回》詩：『風烏繞鵁鶄，彩鷁照昆明。』游船如織疾於梭。翠眉不許人窺見，水榭簾遮艷影多。』『綉罷鴛鴦戲彩球，腰肢無力任勾留。勾留：逗留，停留。生來少小風流慣，衹解嬉春不解愁。』嬉春：游樂於春光之中。謝英伯《金陵雜咏》：『冥冥氛祲幾時消，孤負嬉春兩粉橈。』『荼蘼開罷綻紅榴，底事秦淮作勝游。荼蘼：落葉小灌木，攀緣莖，莖上有鈎狀的刺。羽狀複葉，小葉橢圓形，花白色，有香氣。供欣賞。也作酴醿。形容事情結局并没想象完美，往往是傷心散場。綻：花蕾開放。底事：何事。兩岸河房添好景，石欄杆外競龍舟。』『丁字簾前柳數行，晚凉浴罷换新妝。嬌喉齊唱《桃花扇》，誰似當年鄭妥娘。』『梨園樂部夜相邀，活現風情未易描。留得懷寧餘曲在，《春燈》《燕子》譜笙簫。』春燈、燕子：指明阮大鋮寫的《春燈謎》《燕子箋》傳奇。清孔尚任《扇偵戲》：『今日無事，來聽他《燕子》新詞。』柳亞子《〈二十世紀大舞臺〉發刊詞》：『覆巢傾卵之中，箋傳《燕子》；焚屋沉舟之際，唱出《春燈》。』『不愛後湖十頃蓮，偏愛訪妓莫愁邊。游人盡道城南好，萬柳莊前繫酒船。』『《水調》《伊梁》動客愁，渡頭桃葉尚名樓。畫船入夜笙歌沸，笑指星河看女牛。』『雲鬟風鬢插紫蘭，香羅細葛怯輕寒。怯：害怕，畏懼。中秋踏月嬌痴甚，慣會逢橋打瓦磬。』嬌痴：撒嬌裝傻。

相傳雨亭在金陵爲人司織局，每吟詩，與機聲相和。所鎸《客游草》中，又有《秦淮即事》詩云：『漫擬瓊枝話六朝，瓊枝：喻燈燭。宋秦觀《虞美人》詞：『瓊枝玉樹頻相見，衹是離人遠。』輕烟淡粉已沉銷。蝶香人去遺歌扇，桃葉春歸冷洞簫。別院空傳鶯語滑，落花猶襯馬蹄驕。長堤剩有多情柳，依舊絲絲綰畫橈。』綰：盤繞成結。清麗芊綿，芊綿：謂富有文采。清袁枚《隨園詩話》卷十：『己卯秋，過龍潭，見旅壁題四絶，清麗芊綿。』不亞新城綺製也。

雪鴻小記

雪鴻小記題辭

綠窗妝罷，水妒胭脂；紅袖携來，花慚金粉。秦淮名小，小慣藏春；越舫言輕，輕剛載酒。乃有茗南詞客，選色忘憂，研北銀鐙，抽毫作記。茗南詞客：即珠泉居士。《續板橋雜記・緣起》中有『茗南珠泉居士書於雉皋舟次』的說法。抽毫：抽筆出套，這裏借指寫作。唐吴融《壬戌歲閿鄉卜居》詩：『六載抽毫侍禁闈，不堪多病決然歸。』紅牙紫玉，紅牙紫玉：這裏代指琴簫。紅牙，泛指樂器，因調節樂曲節拍的拍板多用檀木做成，色紅，故名。紫玉，古人多截紫竹爲簫笛，因以紫玉爲簫笛之代稱。既曲曲以傳神；翠羽金衣，翠羽金衣：這裏代指華麗的服飾。翠羽，借指珍寶。金衣，指古時華美的縷金之衣。復紛紛而鬥景。此日歌臺舞榭，銷君三月之魂；他時楚館秦樓，覺我十年之夢。

庚戌夏五海陵霜橋苞拜手

雪鴻小記小引

雪鴻云者，即色即空之謂也。粉白黛綠，本屬幻塵，暮雨朝雲，終歸烏有。黛綠：青黑色，古時婦女畫眉用的顔料。幻塵：佛教語。虛幻的塵世。《圓覺經》卷上：『幻身滅故，幻心亦滅；幻心滅故，幻塵亦滅。』烏有：虛幻，不存在。《北齊書・文宣帝紀》：『譬諸木犬，猶彼泥龍，循名督實，事歸烏有。』天下事大都如斯。珠泉署名之旨不其微哉！爲集唐人七古係之，七古：古詩的一種。每篇句數不拘，每句七字。七言古體詩的省稱。從文學風貌論，七古的典型風格是端正渾厚、莊重典雅，《文章辨體序説》認爲：『七言古詩貴乎句語渾雄，格調蒼古。』其詩曰：『倡家美女鬱金香，片言出口生輝光。與君相嚮轉相親，維酒高歌楊柳春。可憐楊柳傷心樹，斜月沉沉藏海霧。寄言全盛紅顔子，古來萬事東流水。』

洪都黎松門拜題

余自辰秋，金陵返棹，游興漸闌。漸闌：漸弱。闌，衰退，消沉。兩載高平，足不履塵市，每吟微之『曾經滄海』『除却巫山』之句，真覺取次花叢懶回顧矣。取次：隨便，任意。丁未暮冬，潁川明府攝篆維揚，相偕至止。暮冬：冬末，農曆十二月。《魏書・彭城王勰傳》：『歲月易遠，便迫暮冬，每思聞道，奉承風教。』攝篆：指代理官職，掌其印信。因印信刻以篆文，故名。揚固舊游，城北校書，又金陵舊識，暇時過訪，頗慰離懷。離懷：離人的思緒，離別的情懷。唐牟融《客中作》詩：『异鄉歲晚悵離懷，游子驅馳愧不才。』然當棋罷酒闌，閑談往事，誤人紅粉，老我青衫，不禁相對歔欷，共悼天涯淪落也。紅粉：婦女化妝用的胭脂和鉛粉。這裏借指美女。歔欷：悲泣，抽噎，嘆息。天涯淪落：語出白居易《琵琶行》：『同是天涯淪落人，相逢何必曾相識。』校書居亢家花園，自園北至水關，兩岸河房鱗次，同人徵色選聲，嘗拔其尤者五人，以佐文字之飲。迨次年夏五，花天變態，情海生波，出其闉闍，闉闍：指城市街里。《詩經・鄭風・出其東門》：『出其闉闍。』漢鄭玄箋：『闍讀當如彼都人士之都，謂國外曲城之中市里也。』風流雲散。此五人者，亦偕城北校書飄然遐舉焉。客窗枯坐，聊爲記叙，譬彼飛鴻踏雪，飛鴻踏雪：鴻，大雁。大雁踩過的雪地。比喻往事所遺留下來的痕迹。隱約爪痕而已。若謂三生杜牧，三生杜牧：唐代詩人杜牧去官後，鬱鬱不得志，落拓揚州，好作青樓之游，以風流名。有《遣懷》詩云：『十年一覺揚州夢，贏得青樓薄幸名。』後言風情者，多以『三生杜牧』比况出入歌舞繁華之地的風流才士。贏得名存，則我豈敢。

方璇，江陰人。本姓水，乳名阿全，方玉奴之義女。幼爲金陵女伶，女伶：指演奏樂器、演習或唱歌的女子。余於辰秋曾相識於王氏河亭，色藝俱佳，已傾流輩。以其命名未雅，易之以璇，字曰姍來。於今三年，河干邂逅，邂逅：不期而遇。烟輕月瘦，雪韵花嫣，正盈盈二八時也。盈盈二八：即指十六歲。性耽清雅，沉靜寡言。初小居秦淮之南，因避塵囂，移家古旗亭曲巷中，閨閣幽深，非素心人未許排闥。素心人：指無雜念之人。排闥：推門，撞開門。王亦將順其意，珍如掌珠。緑萍前尹，余同鄉中表戚也，以裁花之仙吏，爲掌玉之文星，投簪後僑寓竹西，投簪：丢下固冠用的簪子。比喻弃官。晋陸機《應嘉賦》：『苟形骸之可忘，豈投簪其必穀。』絶憐愛之。適有傖父使酒罵座，意將逮辱姗來，緑萍囑余護持，護持：愛護照料。得寢其事。余每餘暇過從，清談移晷，移晷：日影移動。猶言經過了一段時間。《漢書·王莽傳上》：『人不還踵，日不移晷，霍然四除，更爲寧朝。』嘗見其理雙鬟，束雙彎，雙彎：指女子的一雙小脚。《剪燈餘話·芙蓉屏記》：『（王氏）且生自良家，雙彎纖細，不任跋涉之苦。』笑笑生芳，步步移妍，真可相對療飢，不待酣紅膩緑也。爲賦玉梅二絶贈之，有『管領春風第一枝』及『朗於新月淡於雲』之句，姗來頗解賞音，浼余書於香箑，浼：央求，請求。香箑：香扇。箑，扇子。時時吟誦，出入懷袖中。會夏杪玉奴以事逮訟，倉猝間偕返里門，明月蘆花，不勝惆悵。杪：指年月或四季的末尾。逮訟：招致訴訟。明月蘆花：這裏比喻杳無踪迹。

玉奴亦江陰人，年逾二紀，姿致猶人，惟膩理靡顔，不愧温如之目。二紀：二十四歲。膩理靡顔：膩，細膩；理，肌理；靡，美麗；顔，面容。形容容貌美麗，皮膚細膩柔滑。善飲酒，工觴政，度曲亦清越擅場。觴政：酒令。擅場：壓倒全場，指技藝高超出衆。

王瓏，太倉州人。年十八，與兄嫂共居，艷名噪一時。客歲上巳，客歲：去年。明劉世教《合刻〈李杜分體全集〉序》：『客歲南邁，從子鑒進而請曰：「先生必將箋而後行乎？夫解者之不必箋，而箋者之不必解也。」』余偕友人訪之，值瓏將赴某鉅公招，華妝炫服，匆匆就道。閲日載造其廬，適因清恙，閲日：過了幾日。清恙：稱人疾病的敬語。午睡初起，帕羅覆額，芳澤無加，而逸韵風生，媚麗欲絶。始嘆清水芙蕖，芙蕖：亦作「芙渠」。荷花的别名。妙在絶去雕飾耳。於時試茗之餘，繼以歡宴，余於薄醉，浼其輕歌，瓏力疾爲度《十二紅》一曲，雙蛾微斂，横波流光，一串珠喉流轉，如鸝音入耳，聞聲對影，令人真個銷魂也。浼：央求，請求。力疾：勉强支撑病體。《三國志・魏志・曹爽傳》：「臣輒力疾，將兵屯洛水浮橋，伺察非常。」度：按曲譜歌唱。雙蛾：指美女的兩眉。蛾，蛾眉。珠喉：圓轉如珠的歌喉。真個：真的，確實。唐王維《酬黎居士淅川作》詩：「儂家真個去，公定隨儂否。」夏五初旬，聞其許字吴人王某。許字：應許嫁給。余初疑傳言之妄，往探其實，則已斑騅夙駕，蕢實宜家矣。斑騅：毛色青白相雜的駿馬。唐李商隱《春游》詩：「橋峻斑騅疾，川長白鳥高。」夙駕：早起駕車出行，星夜駕車出行。詢伊長嫂愛奴，乃知瓏雖年少，早已矢脱風塵，而志在隨人，又不願作勢家姬妾，因與王某夙契，識其氣宇非長貧賤者，决計於歸，弃紛華如敝屣焉。伊：代詞，她。矢脱：發誓脱離。隨人：猶嫁人。夙契：友好。於歸：指女子出嫁。《詩經・周南・桃夭》：「之子於歸，宜其室家。」敝屣：破舊的鞋。比喻没有價值的東西。《孟子・盡心上》：「舜視弃天下，猶弃敝屣也。」噫！黑風孽海，飄泊多矣，瓏以稚齒韶顔，獨能早登彼岸，度亦有善根哉。稚齒韶顔：年少貌美。韶顔，美好的容貌。善根：又作善本、德本，即産生諸善法的根本。這裏代指早脱風塵。

愛奴，蘇州人，嚮居金陵，近以年長，退爲房老，色猶未衰，舉止温和，長於應對，都人士每樂道之。嚮：之前，以前。房老：亦稱「房長」，年老色衰的婢妾。

黄翠兒，字緑筠，常熟女伶，王天福妾也。初大婦三胖子遇之虐，嗣以色藝冠時，舉家仰食於翠，始善視之。仰食：依靠他人而得食。善視：善待。余於去春相識，時翠已十九年矣。融酥作骨，搏粉爲肌，素質艷光，雖玉蕊瓊英，未足方喻。摶粉：捏粉。摶，捏之成團。方喻：比喻，比擬。鑒湖童子杏浦見而傾倒，留頓浹旬，欲以多金贖之。浹旬：一旬，十天。翠亦幽怨盈懷，願奉公子盥匜。盈懷：滿懷。盥匜：這裏代指起居。因格於勢，未果。無何而有小玉奴之事。無何：不多時，不久。小玉奴者，天福之媳，早歲曾適童姓，繼歸於王，亦以脂粉爲生。適：嫁給，嫁作。其父母知之有年，有年：猶言多年。一旦訟之有司，意欲別售富室子。事本與翠不相涉，有以讒言進者，將居翠爲奇貨，遂被逮。

時翠方娠，娠：懷孕。杏浦爲之上下營救，余亦多方調護，始以疾放歸。驚心甫定，甫定：剛剛安定。懷珠遽隕，風雨梨花，幾經摧折矣。先是有河南某丞慕翠名，思購爲妾，丞素漁於色，且自頂及趾，無雅骨，翠百計辭之，僅而獲免。漁於色：這裏指着迷於女色。自頂及趾：從頭到脚。雅骨：指超俗之氣質。會以訟餘，養疴金陵，丞又極於所往，覘翠孤弱，將劫之以行。養疴：亦作「養痾」。養病。覘：看到，看見。翠闔户悲號，截髮以誓，奸謀乃寢。闔户悲號：關上門悲傷呼號。截髮以誓：剪斷頭髮發誓。乃寢：纔止息。比其反也，歲聿云暮，

歲聿雲暮：指一年將盡，同『歲聿其莫』。《魏書・樂志》：『既歲聿云暮，三朝無遠，請共本曹尚書及郎中部率呈試。』天福夫婦方以訟事破家，不能自存。翠雖心乎杏浦，而身處窘鄉，義難恝然以去，且天福夫婦，亦不肯遽捨此錢樹子也。恝然：漠不關心貌，冷淡貌。明朱鼎《玉鏡臺記・新亭流涕》：『二帝在北，不宜恝然，須當時復遣問起居，以盡臣子之義。』錢樹子：搖錢樹。維時杏浦館於安宜，問遺不絕。維時：斯時，當時。嘗寓書於余暨潘子研香，寓書：寄信，傳遞書信。《左傳・襄公二十四年》：『子産寓書於子西以告宣子。』就近保護之。研香賦詩十絕紀其事。紀：通『記』。記載，記録。余謂杏浦洵有情痴，需以歲時，自應作延津之合也。洵：誠然，確實。延津之合：指晉時龍泉、太阿兩劍在延津會合的故事。後比喻因緣會合。詎意天不假緣，詎意：豈料。杏浦於閏夏遽賦玉樓，鴛盟未諧，鵬飛何亟。吾爲杏浦傷，并爲緑筠痛矣。附録研香十詩，以志人琴之悼，且詒好事者資爲美談云。詒：給予，留下。

青娥原是謫仙人，幻色空花惹宿因。謫仙人：謫居世間的仙人。宿因：前世的因緣。《華嚴經》卷七五：『宿因無失壞，今受此果報。』誤落黑風三萬劫，明珠一粒委泥津。

娟娟翠竹似容光，娟娟：姿態柔美貌。門巷春深駐泰娘。何處槐枝横夾道，江干憔悴女兒箱。

琅玕一片總淩空，祇在山隈水曲中。琅玕：翠竹的美稱。山隈：山的蜿蜒處。晋潘岳《楊仲武誄》：『朝濟洛川，夕次山隈。』紅杏交枝春意鬧，此君無節不玲瓏。

妒花風色太披猖，披猖：亦作『披昌』。猖獗，猖狂。從此温柔未有鄉。廡下孤桐厨下爨，賞音那得蔡中郎。廡下：屋下。廡，指房屋。爨：燒火煮飯。蔡中郎：蔡邕（一三三～一九二），字伯喈，陳留（今河南省開封市陳留鎮）圉人，東漢文學家、書法家。漢獻帝時曾拜左中郎將，故後人稱他『蔡中郎』。他也是一位出色的音樂家。

淪落空憐絶世姿，阿誰顛倒獨情痴。阿誰：唐宋時期口頭語言，也常用作禪林語。意即『誰』。名花借得東風力，暮暮朝朝好護持。

春歸紅袖魂同去，月上青樓影共還。望斷天涯人不見，夢中情泪滴成斑。

如瓜小艇逐鴟夷，鴟夷：指春秋時越人范蠡。范蠡輔佐越王勾踐滅吴，知勾踐爲人不可以共安樂，因浮海出齊，變姓名，自謂鴟夷子皮。唐李白《古風·其十八》：『何如鴟夷子，散髪棹扁舟。』烟水蒼茫杳不知。蓮子心腸紅豆影，可憐苦裏暗相思。

西風白下柳欹斜，欹斜：傾斜，歪斜。唐高適《重陽》詩：『豈有白衣來剥啄，亦從烏帽自欹斜。』嗚咽秦淮水一涯。半紙雲藍情萬縷，雲藍：紙名。唐人段成式在九江時自製，見段成式《寄温飛卿箋紙》詩序。宋姜夔《次韵千岩雜謡》：『道士有神傳火棗，故人無字入雲藍。』總教人不薄烟花。

春光依舊入揚州，宵市橋邊古渡頭。一樹馬纓迷客路，願郎曲折到紅樓。

騎省多愁鬢已絲，爲君更唱斷腸詞。斷腸詞：詞集名。南宋朱淑真作。一卷。朱淑真爲錢塘（今浙江杭州）女子，因自傷身世，故以『斷腸』名其詞。安能天意從人願，大婦同行小婦隨。

陳銀兒，蘇州人，居水關之東。弱歲學歌，弱歲：男子弱冠之年，女子及笄之年。亦泛指幼年、青少年。聲如雛鳳，嘗一夕工數劇，老伎師嘆弗如。豪客贈遺無虚日，然性慷爽，阿堵物不以關懷。慷爽：大方。阿堵物：即錢。『阿堵』爲六朝時口語『這個』意。時人王夷甫因雅癖而從不言『錢』，其妻故將銅錢堆繞床前，夷甫晨起，呼婢『舉却阿堵物』（搬走這個東西），仍不言。及長益厭鉛華，素服淡妝，亭亭玉立。與緑筠夾河而居，年并十九，固一時雙璧也。

余友陳子心懺，雅愛尋芳，而輕薄萬千，愜心者少。客春上巳，偕余閑步平康，獨於銀兒一見心醉，迷香洞中，擬作蘇姑子好夢。上巳：古代以陰曆三月上旬的一個巳日爲『上巳』，舊俗以此日在水邊洗濯污垢，祭祀祖先，又叫做祓禊、修禊。魏晋以後把上巳節定爲三月三日，此後便成了水邊飲宴、郊外游春的節日。但有時仍以巳日爲上巳節，不固定爲三月三日。迷香洞：爲妓院的美稱。蘇姑子：南齊名妓蘇小小。暇即往訪，挑以辭不答，屢叩之，或以疾辭。叩：探問，詢問。余私詢其義妹福兒，始知銀與新安蔡生訂有婚誓，迨吉於歸，不同章臺柳矣。迨吉於歸：等到吉日就會嫁過去。章臺柳：唐人韓翃有姬柳氏，以艷麗稱。韓獲選上第，歸家省親，柳留居長安，安史亂起，出家爲尼。後韓爲平盧節度使侯希逸書記，使人寄柳詩曰：『章臺柳，章臺柳，往日依依今在否？縱使長條似舊垂，也應攀折他人手。』柳爲蕃將沙吒利所劫，侯希逸部將許俊以計奪還歸韓。余笑謂心懺曰：『「花枝已屬東風管，珍重流鶯別處啼」二語，可代銀作答。』心懺爲之惘惘者纍日。惘惘：傷感，失意。然猶幸佳期迢遞，無妨造室晤言，挹彼清芬，不必定作拗花人也。迢遞：時間久長貌。此小句意爲：離吉日還有一段時間。晤言：見面談話。《詩經・陳風・東門之池》：『彼美淑姬，可與晤言。』清芬：清香。喻高潔的德行。未幾聞綠筠爲訟累，銀益嘆此中不可居，而生亦適以油壁來迎，遂於四月杪辭家竟去。未幾：不久。油壁：即油壁車。古人乘坐的一種車子。因車壁用油涂飾，故名。四月杪：四月底。杪，盡頭，多指年月或季節的末尾。吁！銀亦可謂出淤泥而不染者矣。第聞生以丞職待選，僑寓維揚，年當授室，使君固自有婦也。僑寓：僑居，寄居。授室：本謂把家事交給新婦。後以『授室』指娶妻。銀於定情時，位非小星，然他日相逢，莫能兩大，争春梅雪，恐費平章，則銀尚於此少商量矣。小星：語出《詩經・召南・小星》，喻小人物的悲慘命運，感嘆命運多磨。兩大：兩者并大。《左傳・莊公二十二年》：『物莫能兩大，陳衰，此其昌乎！』平章：商量處理。偶與心懺論及之，心懺又爲之悶悶者纍日。悶悶：鬱悶不樂。元無名氏《謝金吾》第二折：『這兩日氣得我悶悶的眠，害得我懨懨的卧。』曩日：數日。宋司馬光《除兼侍讀學士乞先次上殿札子》：『臣曩日前，曾上殿論列張方平事。』

福兒年十五，丰姿韶令，銀嘗教之歌曲，亦能繼其聲。韶令：聰慧，美好。《宋書·謝莊傳》：『年七歲，能屬文，通《論語》。及長，韶令美容儀。』

陸慶兒，嘉興人。本良家女，爲王三童養媳，虐於其姑，驅事章臺，非本志也，葳蕤自守，楚夢猶虛。虐於其姑：受其婆婆的虐待。章臺：漢時長安城有章臺街，是歌妓聚居之所。《漢書·張敞傳》：『時罷朝會，過走馬章臺街，使御吏驅，自以便面拊馬。』顔師古注謂其不欲見人，以扇自障面。這裏即代指妓院。葳蕤：華美貌，艷麗貌。楚夢：本指楚王游陽臺夢遇巫山神女事。後借指短暫的美夢，多指男女歡會。余友潘子研香亟稱之，因往訪焉。年方及笄，淡薄妝梳，體無華飾，而笑彎秋月，羞暈朝霞，柔媚中別饒幽致。挑菜節研香邀游平山，挑菜節：舊俗，農曆二月初二日，仕女出郊拾菜，士民游觀其間，謂之挑菜節。復相遇於長春嶺之西榭。時值峭寒未解，峭寒：料峭的寒意。形容微寒。宋徐積《楊柳枝》詩：『清明前後峭寒時，好把香綿閑抖擻。』殘梅在枝，慶伫立花陰，風吹鬢影，愁思弱態，如不勝情。研香語余曰：『是兒終非風塵中人也。』即於席間賦《滿庭芳》一闋云：『慵髻低鬟，顰蛾斂黛，湘裙微蹴蓮鈎。滿庭芳：詞牌名，又名《鎖陽臺》《滿庭霜》《瀟湘夜雨》等。顰蛾斂黛：顰蛾，皺眉。斂黛，皺眉。黛，女子眉毛的代稱，因古代女子用其畫眉，故稱。蓮鈎：指舊時婦女所纏的小足。清陳維崧《百字令·長安元夕和家山農倡和原韵》詞：『燕未銜將泥便軟，糝遍蓮鈎綦迹。』盈盈二八，相見半嬌羞。衆裏勝常道罷，生姿處一晌凝眸。金尊奉，鶯啼嚦嚦，宛轉引歌喉。人間多恨事，花時雨橫，月上雲稠。况黑罡風裏，挫折飄流。那得藏諸金屋，深愛護、玉軟香柔。嗟予是傷春杜牧，端的爲花憂。』嚦嚦：形容女子婉轉悦耳的聲音。端的：多見於早期白話。到底，究竟。余亦口占一闋和之云：『紅暈潮鮮，緑堆雲膩，香泥淺印雙鈎。低徊索笑，相識尚含羞。攜手落梅風外，盈盈酒并入明眸。嬌無那，無那：猶無奈，無可奈何。唐王維《酬郭給事》詩：『强欲從君無那老，將因卧病解朝衣。』霞杯怕賭，小酌潤歌喉。舊游曾記憶，橋頭柳暗，渡口花稠。怎淑姿蓬巷，越樣風流。淑姿：優美的體態，美好的姿容。恰遇潘郎清潤，閑吟罷、心醉温柔。還試問相思此後，何處可忘憂？』對酒高歌，慷當以慨，慶爲嗚咽久之。迨夏中，迨夏中：臨近夏季。夏中，猶夏季。晉王羲之《謝仁祖帖》：『忽然夏中感懷，冷冷不適。足下復何似，耿耿。』聞有武林某公子以重金購爲側室，甚有寵，余喜妍香之言驗矣，更重爲慶兒幸也。

補遺

余昔往來邗上，停橈每無多日，橈：原意是船槳，代指小船。未與花月之筵，一時名姝如林巧兒、金瑞芳、周二明官等，皆未謀面。今狎游既數，寓目遂多，狎游：指狎邪游。寓目：猶過目，觀看。雖空冀北之群，尚落藍田之屑。或齒加長而風韵猶存，或名稍輕而幽情獨抱，芳心艷影，寧教一例沉埋？因復附書數人，亦雪泥之纖爪云爾。云爾：如此罷了，如此而已。

楊大，蘇州人。藉甚聲名，甲於北里。借甚：盛大，卓著。清李漁《凰求鳳・避色》：『止因小生的相貌，生得過於豐美，又有借甚之才名，引得人家女子，個個傾心，人人注念。』鄉爲鹺尹董某所暱，潛居別館者數載。鹺尹：鹽運使一類的官職。鹺，鹽。潛居：隱居。漢黄石公《素書・原始》：『潛居抱道，以待其時。』別館：指離家在外的住處。後因厄於大婦，仍返邗溝。厄：被困，受苦。雖給侍宴游，不復握雲携雨，蓋以報董之知遇也。握雲携雨：指男女歡合。戰國楚宋玉《高唐賦》：『昔者先王嘗游高唐，怠而晝寢，夢見一婦人，曰：「妾巫山之女也，爲高唐之客。聞君游高唐，原薦枕席。」王因幸之。去而辭曰：「妾在巫山之陽，高丘之陰，旦爲朝雲，暮爲行雨，朝朝暮暮，陽臺之下。」』知遇：這裏指恩待。余於今春相識，已逾季隗請待之年，而秀外慧中，彌覺翛然絶俗，大家舉止，前輩典型，當爲此姬首屈一指。季隗請待之年：這裏指女子二十五歲，或青春年少。典出《左傳・僖公二十三年》，狄國人攻打唐咎如部落，俘獲了君長的兩個女兒叔隗和季隗，把她們送給了公子重耳。重耳娶了季隗，後重耳想到齊國去，對季隗説：『等我二十五年，我不回來，你再改嫁。』季隗回答説：『我已經二十五歲了，再過二十五年改嫁，就該進棺材了。還是讓我等您吧。』後以『年如季隗』『季隗請待之年』『季隗年』等指女子二十五歲。翛然：形容無拘無束貌，超脱貌。首屈一指：指居在第一位的、最好的。

趙三，字綉芳，亦蘇州人。金瑞芳之義妹也。姿容俏潔，不以脂粉污顔，即粗服亂頭，丰韵殊絶。至於足翹細笋，腰折迴風，尤覺顛掉纖柔，具有萬方儀態。萬方儀態：儀態，容貌姿態；萬方，指姿態多種多樣。形容容貌、姿態各方面都很美。漢張衡《同聲歌》：『素女爲我師，儀態盈萬方。』余友倩薌主人夙與之善。

張三，字素娥，亦蘇州人。姿僅中人，而賦情特甚，與知己交，綢繆繾綣，綢繆：形容纏綿不解的男女戀情。繾綣：情意深厚，纏綿。形容感情深厚。一往而深，不以貧富易其念，且遇急難，不惜傾篋贈遺，是亦風塵中獨具真性者。

楊小寶，本郡人。年十七，姿制明净，姿制：姿態，儀容。《晋書・陸雲傳》：『華爲人多姿制。』眉宇間稜稜露爽。善南北曲，兼工小調，一矢口應弦合節，歌場推爲獨步。矢口：猶開口，隨口。常表示不假思索。獨步：超出群倫，天下第一。性和易，和易：平易謙和。《禮記・學記》：『和易以思，可謂善喻矣。』妙於語言。其母素有瘋疾，或以不順之辭忤佳客，忤：違逆，觸犯。小寶周旋其間，每一言解頤，解頤：開顔歡笑。能令公喜。余以『解語花』目之。解語花：據《開元天寶遺事》記載：『帝（唐明皇）與妃子（楊貴妃）共賞太液池千葉蓮，指妃子與左右曰：「何如此解語花也。」』唐玄宗把楊貴妃比作能説話的名花。後遂用『解語花』『解語傾國』等比喻美女，或指美女可人。

閔德兒，蘇州之木瀆鎮人。年二十餘，艷名甚著，幾欲方駕王、陳諸姬。余每於城陰放棹時，邂逅水亭，修蛾曼睩，貌亦秀韵非常。修蛾：細長的眉毛。第喉舌間重濁，不類吴音，且以其頎之狀，病於雙趺，彳亍庭前，未免苗條太甚也。第：但，衹是。雙趺：雙足。彳亍：慢步行走。形容小步慢走或時走時停。

聞德，本名姬，周二侍女。姬嚮與閔某善，有鍥臂盟，後閔以游盪不羈，卓錐無地，姬延之至家，寢食與共，雖伉儷不過也。鍥臂盟：謂割臂刺血。古代訂盟約時用以表示堅定不移。不羈：不受限制、拘束。卓錐：立錐。宋黄庭堅《次韵子瞻和子由觀韓幹馬因論伯時畫天馬圖》：『西河驄作蒲萄錦，雙瞳夾鏡耳卓錐。』伉儷：謂夫婦。居久之，閔潜與德私，與姬情殊不屬。私：指通奸。《戰國策・燕策一》：『臣鄰家有遠爲吏者，其妻私人。其夫且歸，其私之者憂之。』姬覺而恚恨，逐閔及德。恚恨：憤恨，怨恨。《後漢書・鄭衆傳》：『衆因上言：臣前奏使不爲匈奴拜，單于恚恨，故遣兵圍臣。』德遂偕閔從居城陰，作脂粉生計焉。

蘇高三者，姓高，行三，崇明人，寄籍姑蘇，轉徙維揚。寄籍：離開本籍，居住外地。時鄰人亦名高三，人以其稱從同也，加蘇字以别之。其實姬亦從夫之名，并未以姓氏著也。頎身玉立，慧眼波流，見者罔不色授魂與。慧眼波流：形容目光流轉。色授魂與：色，神色；授、與，給予。形容彼此用眉目傳情，心意投合。且善伺人，言必中肯。伺人：侍候别人。問其年，已數到星張軫翼矣。數到星張軫翼：這裏指代二十七八歲。星張軫翼即星分翼軫，翼、軫皆屬南方朱雀七宿。古人爲觀測日、月、五星運行而劃分天空爲東、北、西、南四個大區，每區又分爲七個小區。翼、軫位於二十八宿之末。嚮與城北校書艷名相埒。相埒：相等。《梁書・文學傳上・何遜》：『時有會稽虞騫，工爲五言詩，名與遜相埒。』校書本姓張，名銀兒，江陰人，詳見《續板橋雜記》，今并以齒長不與諸姬伍。而城北以風情著美，姬以歌曲擅長，皆尚有聲於時，不致門前冷落也。自方、黄兩家各以無賴速訟，河房中咸懷雀鼠之警，咸：全，都。城北既浮家吴會，姬亦戢影邗溝，戢影：同『戢景』。匿迹，隱居。每過城隅，不勝人面春風之感。

青閣居士跋

珠泉《續板橋雜記》將付梓，余既爲之序矣，年來長齋綉佛，頗自懺悔，戒綺語。付梓：古代用木版印刷，在木板上刻字叫梓。因此把稿件交付刊印叫付梓。綉佛：用彩色絲綫綉成的佛像。綺語：阿諛奉承、吹牛拍馬及淫言浪語。乃珠泉復持《雪鴻小記》示余，又三月烟花譜也。因戲之曰：『古云人生祇合揚州死，蓋以地多佳麗，輒欲銷魂，故作此無賴語。但沈腰易瘦，潘鬢蚤斑，未必非森羅殿上爲慧業文人寄個泥犁消息。蚤：通『早』，指時間在先的，和『遲』相對。慧業文人：指有文學天賦并與文字結爲業緣的人。《宋書·謝靈運傳》：『得道應須慧業文人，生天當在靈運前，成佛必在靈運後。』泥犁：亦作『泥梨』『泥黎』。梵語，意譯爲地獄，其中一切皆無，没有喜樂，没有愁苦。倘金枷玉鎖，金枷玉鎖：枷爲套在頸上的刑具，鎖爲鐵環鈎連而成的刑具。『金枷玉鎖』比喻既是珍寶，又是累贅。何處訪窈娘堤耶？』珠泉起而謝曰：『然。此即余之懺悔語也，烟花譜未始非棒喝意也。』棒喝：比喻促人醒悟的警告。遂書以代跋。

越州青閣居士

玉魫生跋

玉魫生：王韜（一八二八～一八九七）。中國近代著名改良派思想家，初名王利賓，字蘭瀛；後改名爲王瀚，字紫詮、蘭卿，號仲弢、天南遁叟、甫里逸民、淞北逸民等，室名玉魫生樓。江蘇蘇州人。

《續板橋雜記》《雪鴻小記》，并珠泉居士作。珠泉素居苕霅，久旅金陵，爲戟門揖客，花晨月夕，喜作狹邪游，莫愁、桃葉間，浪得狂名。素居：一向居住於。揖客：長揖不拜之客。游踪既倦，乃著是編，鴻爪雪泥，仿佛如在。挑燈展讀，覺六朝餘艷，猶有可尋，而當年余曼翁之所記，亦庶幾一二見之。因憶予於道光丙午秋，以應試僑寓白下，曾識任素琴校書，固此中翹楚，而一時所稱文探花也。道光丙午：道光二十六年，公元一八四六年。翹楚：這裏指數一數二之人。索句題裙，分曹射覆，流連者匝月。索句：索取詩句。清沈起鳳《諧鐸·屏角相郎》：『族中子弟，知其能詩，競出素縑索句。』分曹射覆：分曹，將大家分組。射覆是一種酒令游戲。迄今思之，恍如夢寐。嗚呼！百年若瞬，爲歡幾何？後之視今，安知不猶今之視昔哉？戊寅浴佛會後二日，浴佛：相傳農曆四月八日爲釋迦牟尼的生日，每逢該日，佛教信徒用拌有香料的水灌洗佛像，謂『浴佛』。亦稱『灌佛』。

淞北玉魫生識於天南遁窟

图书在版编目（CIP）数据

板桥杂记（续两种）/（清）余怀著；孙建伟注．— 北京：故宫出版社，2020．6
（明清美文十种）
ISBN 978-7-5134-1242-1

Ⅰ．①板… Ⅱ．①余… ②孙… Ⅲ．①小品文—作品集—中国—清代 Ⅳ．①I264．9

中国版本图书馆CIP数据核字(2019)第173424号

板桥杂记（续两种）
（清）余　怀　著　孙建伟　注

出 版 人：王亚民
责任编辑：熊　娟　温家辉
装帧设计：李　猛
责任印制：常晓辉　顾从辉
出版发行：故宫出版社
地址：北京市东城区景山前街4号　邮编：100009
电话：010-85007808　85007816　传真：010-65129479
邮箱：ggcb@culturefc.cn
制　　版：北京印艺启航文化发展有限公司
印　　刷：北京启航东方印刷有限公司
开　　本：787毫米×1092毫米　1/16
印　　张：9
字　　数：290千字
版　　次：2020年6月第1版
2020年6月第1次印刷
书　　号：ISBN 978-7-5134-1242-1
定　　价：56.00元